我们的心灵

我们的心灵

与自我狭路相逢

毕淑敏 著

生活書店出版有限公司
生活·讀書·新知 三联书店

孟平的中国心与中国梦

序一

毕淑敏在三联生活书店出版了一套心理散文，共分三册，套书的名称是“我们的心灵”。关于“心灵”，我更愿意用的词是“心理”，不过因为是文学作品的缘故，也就不必像学术论文那样严格了。

二十年前，毕淑敏是我的学生。那时，我从香港中文大学来到北京师范大学，先后开设了“心理咨询学硕士研修班”与“心理咨询学博士方向高级研修班”，毕淑敏是这两个课程的学生，一直用功学习。她跟我的其他学生一样，毕业后，大家的关系都从师生转为朋友。现在她出版了这套书，嘱我作序，我欣然答应。

内地的学生一直问我：“为什么放弃了香港优渥的物质条件，多年来在内地东奔西走，甚至到寒冷而干燥的中国北方，授课长达三年之久？”这一切要由我父亲说起啊。

父亲是留学生，学富五车，两袖清风；他高风亮节的操守，重视精神生活过于金钱物质的人生信念，一直为我们众子女所钦佩，是我生命中景仰至深的人。虽然我成长于殖民统治下的香港，却对中国人的民族身份坚定不疑，这不得不感谢父母亲的言传身教。

幼承庭训，我自小就对祖国内地的同胞、文物与文化有着一份说不出来的归属感。犹记得中学毕业那年，我参加了一个夏令营，在仰望星空、俯瞰大地时，蓦地领悟到自己的根在祖国，服务祖国同胞是我毕生须走的路，矢志不移。在殖民统治下生活，要跟同侪发展深层次的友谊，分享对国家民族的认同共鸣，委实不容易。我这个活跃的女孩子，虽然有着相当丰富的社群生活，但在这环上，却经常感到无比孤单；没想到这份孤单的感觉竟也如斯持久，挥之不去，一直延伸至成年，甚至往后相当长的一段日子。表面积极的个性，难掩我内心的郁结，我经常问自己：“在香港生活的年轻人，该怎样爱国呢？”某天，我在日记上给自己写下了答案：“年轻时努力求学，好好充实和发展自己。”没想到，这从此成为我的方向和目标。

为了圆我的中国梦，即或家庭经济情况不佳，我仍争取机会努力求学；就是这样，我以半工半读的形式，完成了中学师训课程和学位课程，并申领了奖学金负笈纽约，修读教育硕士（心理咨询）课程。

回到香港后，我很期望能在中学当心理咨询员。当时香港学校的心理咨询才刚起步，只有两三所学校设有学生心理咨询员一职。我有幸受聘在这样的一所中学，在教职以外，能同时兼任学生心理咨询工作。我很想陪伴我的学生同行。然而，我心里想着的青少年，不单是香港的，也有内地的。

在心理咨询的过程中，我有心无力的感觉日益强烈，于是，我积极争取进修的机会。1974年，我获得优厚的奖学金，可再度赴美，往伊利诺伊大学香槟分校修读心理咨询学博士课程。出发前，无数亲朋在我耳边叮咛："毕业后务必留在当地发展，结婚生子，落地生根啊！"然而，我晓得自己的根在哪儿，亦因此肯定自己必然会回来，不但回到香港，且会面向祖国内地而行。至亲好友都大惑不解，但也没阻止我，因为通过多年的观察，他们都很清楚，不管孟平身在何方，她的中国心依然是那么炽热，她的中国梦依然是那么真实。

1977年，我取得了博士学位。倘我当时选择留在美国，便可以拥有温馨的爱情，组织幸福的家庭，享受安稳富足的生活；但由于多年前已选定了方向和目标，纵然有不舍和眼泪，我还是坚持早前所作的决定，回归香港老家——我所爱和我成长的地方。

回到香港后，我晓得自己仍需要增强心理咨询的临床经验，故加入了“突破辅导”机构。虽然这是一个民办机构，在创设和推广心理咨询方面，却是香港的先锋。在“突破辅导”的几年，我获益良多，除了有机会实践心理咨询外，还能参与心理咨询学的课程设计与教学工作。基于香港社会对心理咨询需求的日趋逼切，“突破辅导”除跟一所大专院校合办硕士课程外，也因本身拥有三位博士学位同人之便，同时开设了一个半专业的心理咨询课程，努力培育人才。在当时的香港来说，这些创新课程，成效相当不错。

在“突破辅导”服务了四年后，我在1982年进入香港中文大学教育学院，主要是在教育心理学系工作。除培训教师外，也负责扩展和优化既有的心理咨询课程。自此，我便在心理咨询的学术和实践两方面同步发展，亦有较多机会跟内地学术界同人交流接触，也开始进入内地讲学和进行心理咨询培训。在我推广心理咨询的道路上，1996年和1997年是重要的转折点。在1996年秋，一位来自中山大学的教授到香港中文大学访学，在跟她紧密交流和讨论后，她大力推介我前赴内地做更深入的心理咨询培训。在香港中文大学教育学院给予的人力和物力的鼎力支持下，我的中国梦——在内地推广心理咨询培训，终于于1997年4月23日至5月8日，在武汉华中师范大学实践了。这次培训较我从前在内地所任教的短期课程更密集、更大型和更专业化，可视为中国心理咨询发展的里程碑。

课程是由香港中文大学教育学院的教育研究所主办，华中师范大学协办。大会为参加者——来自几十所重点高校心理咨询单位的一百五十名主管——提供了奖学金。令人兴奋的是，由于这类课程求过于供，另有二十位学员不惜自费参加。十五天的课程快要结束时，学员除高度肯定课程的成效外，还表示“人本心理咨询”为他们带来了震撼性的挑战，纷纷向自己院校的领导汇报，提出改善大学心理咨询人员素质，提高服务水平等具体意见；同时，他们还要求校方邀请我前去讲学。值得一提的是，他们纷纷承诺，日后会努力争取机会在心理咨询专业领域进修。他们果信守承诺。1999年，我到北京师范大学开办“心理咨询学博士方向高级研修班”时，惊讶地发现，申请者中竟有十多位是来自当年华中师范大学培训课程的学员；甄别后，有八位学员被录取，占了该班人数的三分之一。

在武汉课程进入尾声的某个晚上，我在凌晨三时许骤然醒来，便一直无法入睡。我跟自己说："林孟平，你还在等什么？你生命中的历史时刻不是已经来到了吗？"于是，一回到香港，我便立刻向香港中文大学申请了半年无薪假期，在1997年9月开始进入内地好几所大学进行短期义教。

甘肃兰州是我讲学的第一站。因为他们有几位曾参加武汉培训课程的教授跟我说，由于经济问题，他们是无法到沿海或大城市进修的。及后，从1997年9月中旬开始，我分别到过八个省市的重点高校或教育机构短期讲学，计有：兰州大学、四川大学、北京师范大学、上海市教育委员会、浙江省教育委员会、中山大学、复旦大学、中国社会科学院、中国人民大学等。我乐此不疲，因为我的中国梦正逐步实现。我没想到1997年12月回香港后，还有一个更大的意外惊喜在等待着我。

回到香港中文大学，打开信箱，我发现了一封来自美国纽约"亚联董"(亚洲基督教高等教育联合董事会)的信件。该机构提名我为1998年的“杰出亚洲学人”。提名的主要条件是要我离开本乡本土，到香港之外的大学任教一年，并给予一定经费支持。令我喜出望外的是，中国内地竟是其中一个可供我选择的地点。有了这个经济上的支持，我可安心上路；再者，有了“杰出亚洲学人”此国际荣誉，香港中文大学自然乐意放行。1998年3月，当我仍在构思内地行的具体安排时，北京师范大学的党委书记刚好到香港中文大学来，要物色专家学者前往北京协助优化大学的学生管理和心理咨询工作。在香港中文大学教育学院的院长推介下，北师大的党委书记跟我商谈了三个多小时。他离开前，笑意盈盈地对我说：“您就是这一年来我努力要寻找的人。”随后，他正式向香港中文大学提出，邀请我在1998年秋到北京去，开办全国第一个心理咨询学硕士课程。有党委书记的认同和全力支持，这个由北京师范大学、中国教育部高师培训部合办的“心理咨询学硕士研修班”顺利诞生了，招收了来自全国十九个省市的三十五名学生。我的中国心越来越炽烈，我的中国梦也越来越明晰。

1999年秋，北京师范大学校长和党委书记还决定与中国教育部高师培训部在2000年和2001年，联合举办中国第一个“心理咨询学博士方向高级研修班”。该班所录取的学员素质相当优秀，在来自国内十二个省市的二十五名学员中，具心理学博士学位者三人、博士生导师四人、教授六人，其余均为副教授和大学讲师。此课程是以科学实践模式为培训基础，理论与实践并重，注重心理咨询与社会文化的整合，以期在优化国民素质与心理咨询专业本土化等方面，作出积极的贡献。课程虽主要在北京上课，但为了促进学员认识“人本心理咨询”如何通过多元服务来回应需求，及在不同社群中的应用情况，在2001年春季课前，还特地安排了全体学员到香港中文大学出席“本土化心理咨询与治疗研讨会”。研讨会期间，学员除有机会参观香港各大学的心理咨询中心和事业发展中心外，还到访了十六个提供不同性质咨询服务的政府机构和民办机构，包括：青少年咨询，老年人服务，善终服务，青少年滥用药物，惩教服务，就业服务，防止自杀，戒毒，婚前与婚姻咨询等。学员们都很珍惜此次香港之行，因为实地考察了香港过去五十多年来，心理咨询人员在各领域的努力成果，不但拓宽了视野，还深化了认识。令我欣慰的是，他们莫不感到任重道远，承诺谨记我的嘱咐：跟硕士班的毕业同学携手合作，日后在中国大地上同心协力，努力不懈，注重心理咨询这一专业的学术研究，以及其实践的深化与优化，使个人、社会、国家能因此迈向健康与丰盛之路。

那些年间，我虽长驻北京，但基于香港中文大学对雇员的要求，仍要每半年回到香港。虽席不暇暖，但内心却有说不尽的感恩。这么多年来，我的内地之行一直都是孤身上路，许多朋友均百思不解，不约而同地问我，到底是什么支撑着我这小女子。毋庸思索，我莞尔一笑答道："是我的中国心和中国梦！"

走笔至此，想起当初到香港中文大学任教时，我强烈感受到的那股加在教学人员身上的，令人无法逃避的沉重压力。我在短时间内，就要做出一个影响自己学术前途的决定：学术研究的发表和文献写作应该用中文，还是英文？入职两个月后，我决定除非出席的是国际学术研讨会，我的著作与学术论文一律用中文发表，因为我的服务对象是中国人，我的主要读者群也是中国人。在行内人看来，这一做法无疑是铤而走险，甚至连职位也难保，十分不智。然而，想不到我竟一而再地顺利通过校方的严格考绩要求——我的其中两部作品，更备受学者重视，被评为“最具本土色彩的心理咨询论述”，除了有很高的销量外，也常在学术论文中被广泛引述。在惊涛骇浪的大学教学生涯中，我不断感恩，知道所走的路虽然孤单，却走对了。

本准备在2003年跟香港中文大学商讨放弃教席，全职到内地教学，结束周旋于内地和香港两地的奔波劳累生涯。奈何在2001年，我已身心俱败，中西群医均束手无策，说是五痨七伤所致，无法短期根治。在家人与友人力劝下，我不得不向自己的臭皮囊低头，暂时放下在内地的服务，留港安静休养、反思、等候……

我会用以下一个真实个案来结束这篇序言。1957年俄罗斯(当时的苏联)在太空科学上的一次超前，给美国政府带来了极大震撼。美国在审视该次竞争失败的因由时，教育成为了检讨的一个重点。回应检讨的结果，美国政府遂在第二年推出了“国防教育计划”(National Defence Education Act)；此计划适切地为当时学者专家正致力的心理咨询事业注入了强心针，带来了一次大跃进，且成为美国教育史上学校心理咨询的界石。无怪乎许多国家一直致力从事教育和心理咨询，因为事实告诉我们：心理咨询不但能有效地回应国民的个人需要，且能回应国家的需要。“心理咨询乃教育生命力所在，并国家富强之关键”，信然。

阔别祖国内地，几近二十年了，但我的中国心依然炽热，我的中国梦仍一直萦绕脑际……

林孟平

2019年4月10日　香港

序二

非序之序——序非序

感恩生命中有这一段缘，让我有幸在退休之年还能和毕淑敏一起师从林孟平教授学习心理辅导。老师魂牵梦绕、情真意笃的“中国梦”感染着我；对生命的热爱、敬畏与尊重的人本理念滋养着我；独特新颖、与众不同的教学方法吸引着我，我感觉到自己内在的智慧被源源不断地引发出来，有一种破茧而出的兴奋。在北师大的这三年，对我来说，与其说是学习心理辅导的知识与技能，倒不如说是一次重要的生命蜕变历程。

“辅导是生命的流露”“辅导员有幸进入另一个人生命的深处，这是一种福祉”“辅导员自己是带进辅导关系中的重要资源”，老师的话撞击着我、滋润着我、激励着我、指引着我。对从事助人行业的我来说，越来越明白不断地认识自己，努力活出真我，行如所愿，知行合一，让生命绽放绚烂的光彩，是我余生要做的最重要的事情。

三年的学习，我的字典里出现的高频词是“成长”。成长是一个经历痛苦的过程，也是一个体验幸福的过程。课堂上别开生面的教学，有时刀光剑影，有时温婉柔顺；有时开怀大笑，有时静默深思。对于在震撼、感动之余还有许多疑惑的我来说，除了享受老师的心理盛宴外，还特别地期盼课后老师与我们二人（我与毕淑敏）的“共餐”，此情此景至今不能忘怀。还记得北师大东门口一家名为“红叶”的日式小餐馆是我们常去用餐的地方，安静，食物也还可口。短短一个多小时的用餐中，我们大多是针对当日课堂上的教与学各抒己见，提问、答疑、交流、探讨……有时“一不小心”还把自己给搭进去，老师一旦发现“蛛丝马迹”当然不会放过，此时此地的“抚摸生命”让我终身受益。在探讨中，毕淑敏剖析问题独到犀利，直指痛处，切中要害，常常让我耳目一新，时而被震撼，时而被感动，时而顿觉清晰，时而陷入混乱，有时一顿饭吃得确实并不轻松，但很丰足！反思，觉察，领悟，提升，改变，成长！那种感觉真的好享受！感恩上苍对我如此厚爱，让我有如此特别的学习经历和成长体验！为此，毕淑敏常戏说我应为此付出双倍的学费。

人生无常，每个生命在一生中都会遇到坎坷曲折，经历痛苦折磨。正当我醉心于心理辅导，在助人的行列中尽一己之力时，“乳腺癌，立即住院手术治疗”的诊断书如晴天霹雳，在我毫无准备的情况下把我的生活全搅乱了，整个人懵了，晕了……

永远不会忘记，老师在得知消息的第二天就乘坐最早的航班赶来杭州空军疗养院，毕淑敏停下对她来说生命中最重要的“笔”在我面对化疗痛苦折磨时来到我身边，有什么药可以与此时有声的和无声的陪伴、爱抚、鼓励、支持相比！特殊时期的特别的辅导！多么强大的力量，多么有力的支持！有这么强大的支持系统（当然还有我挚爱的先生、家人、同学、同事、亲朋、好友），我没有任何理由不让自己好起来。从怀疑、否定、愤怒到接受、臣服、共处，从此我经过淬炼的生命中少了许多的“应该”，多了不少的“自在”，紧裹的绷带舒解了，我活得更放松、更自由、更开放了。深感一个有更多生命本性绽露、属于自己的独特人生值得欣赏、珍惜、敬畏，值得倍加爱护！感恩这场疾病带给我的学习与成长，感恩上苍对我的眷顾与厚爱！

借毕淑敏的“我们的心灵”出版之机，说一点自己成长的切身体会来表达对心理辅导学的热爱及对老师、挚友的感恩。心理辅导学是一门能让人觉醒、让内心茁壮成长、让生命更加鲜活灿烂的学问！毕淑敏在这套集子里，借文学的语言和咨询的实践，阐述独到的见解和深刻的领悟，定能让读者受益。愿每一个生命都灿烂，每一个人都活得神采奕奕、深感生命之美好！

黄淑真

2018年10月31日　杭州

目录

健康是一株三色花

每年春节，都会收到很多朋友寄来的贺卡。我喜欢纸片的华美和字里行间盘升的温情。元宵吃过了，还舍不得把贺卡丢了，就收藏在一个纸箱里。几年下来，箱子盖合不上了。某日打开，十指像两把叉，捧起又放下，纸片纷扬飘落，好像彩绘的燕山雪。看斑斓笔迹，突然生了统计的愿望，想计算朋友们——不管年少年老，是男是女，也不管受的是传统教育还是洋派熏陶，总之人不分老幼，地无分南北，看看在咱中国人最喜庆的日子里，大家最衷心的祝福是什么。

恭喜发财的，轻轻放到一旁。财是重要的，但肯定不是最重要的。祝心想事成的，一笑了之。据心理学研究，人的一天，脑海中涌现的念头有六万种之多，要都“心想事成”了，天下岂不大乱？祝笑口常开的，嗯，这还差不多。可转念一想，生活中哪有那么多可笑之事？此愿甚好，但难以实现。

费时半天，统计结果出来了。重复最多的吉利话是——祝你健康！

健康是众望所归，但健康不是从天上掉下来的，也不是单纯祝愿就能实现的。和世界上的其他好事一样，健康是争取出来的，是建设出来的，是培养出来的，是保卫出来的。

健康到底是什么呢？多少人梦寐以求呼唤健康，真的搞清了它的概念吗？1946年，联合国世界卫生组织对健康的定义是：“健康是一种在身体上、心理上和社会功能上的完满，而不仅仅是没有疾病和虚弱的状态。”

世界卫生组织的这个定义很精准，半个多世纪过去了，依然很有概括力。评价一个人健康与否，不能只看他是不是强壮，化验单上的指标是不是正常，还要看他的心理和社会功能是不是处于优良、和谐的状态。如果把人间比作原野，每个人都是在这片原野上生长着的茂盛植物，这种植物会开出美丽的三色花：一瓣是黄色的，代表我们的身体；一瓣是红色的，代表着我们的心理；还有一瓣是蓝色的，代表我们的社会功能。

生理健康，当然令人高兴，但无论黄花瓣多么艳丽，也只是这棵植物的一部分，红花瓣和蓝花瓣也要怒放，才是生机勃勃的风景。甚至可以说，在某些情况下，保持健康并不意味着治好了所有的病，它还意味着，疾病依然存在，但你学会了平衡和调整，能够和谐地与人相处，使家庭变得亲密，使生活充满了快乐，对死亡的畏惧和痛苦减轻了……这也是一种整体的健康。著名的围棋大师吴清源，一言以蔽之——“健康就是人脑的健康”。

有人会说，生理这瓣花，看得见摸得着，心理到底是怎么一回事？其实心理学很严肃，是研究行为和心理过程的科学。有人说，我心里想的是什么，我要是不说，你怎能知道？我要是说了，却不是我的真心话，你又怎能知道？

的确，至今也没有发明出一种仪器，可以精确判断出人的思维动态的全貌，但这并不意味着现代心理学就是一笔糊涂账，可以主观臆测，信马由缰。古人所谓“听其言而观其行”，就是心理学非常有价值的研究手段之一。一个人心有所思，就会在行动和语言中表现出来，如同浮出海面的冰山一角，从中就能分析出冰山的体积和成分。

世界卫生组织关于健康的论述，就好像盖起了一座三层小楼，最底下是生理健康，第二层是心理健康，最上面带露台的一层，就是社会功能健康。心理健康承上启下，不可或缺。你虽体格强壮，心理却不健康，就不能算是一个“大写的人”，也就无法实现完满的社会功能。反过来，哪怕你的生理上出现了很严重的问题，但你的心理健康，也有助于你恢复生理健康，帮助你完成自己的社会功能。

蒙田说过：世界上最重要的事就是认识自己。解读心灵的秘密，了解自己，是一切成功的基石。从这个意义上说，心理学不单是一门严谨的科学，也是心灵探险。

如何知道自己的心理是否健康？心理健康不是一句空话，明了自己的心理结构，是一个系统工程。要对小楼第二层，来一番检修加固，让你的红色花瓣，迎着太阳绽放。

可能有人说，我最烦人家说心理有毛病了，那不是离精神病不远了吗？我没病，我好着呢。北京人遇到自己反感的人和事，爱说一句话：你这个人怎么啦？有病啊？听的人也很不高兴，回嘴道，这说谁呢？谁有病？你才有病呢！

这里所说的“有病”，意思是这人脑子不正常，半痴半傻，相当于一句骂人话。很多人把精神和心理混为一谈，其实它们虽有关联，但更有区别。精神病指的是精神系统的疾病，通常伴有幻觉、妄想、广泛的兴奋和运动性迟滞等等精神障碍的行为，而心理范畴的问题，并不包括这些病理表现。

把精神和心理分开很重要。精神病只是很少数人罹患的病理改变，而心理则是我们每个人都具有的正常组成部分，就如同人人都有心、肝、脾、肺、肾一样。

心理也像生理一样，会有毛病。心理有了毛病，不是什么见不得人的事，从某种程度上讲，它是生命过程的正常组成部分。既然一个人的身体会感冒，那么人的心理也可能会“感冒”。

心理“感冒”了不要紧，抓紧治疗就是了。也许有人会说，我的心理健康得很，不需要特别的保健和爱护。这话有几分道理，但还不全面。有人心理素质比较好，就像有人天生体格强健一样，但健康不是一成不变的，也不是一劳永逸的。比如运动员身体机能要比普通人强，但他们也会发烧，肚子疼，也需要不停地锻炼和补充营养。人的生理和心理都处在不断变化之中，不能关进冰箱冷藏起来。现代社会节奏很快，方方面面的压力汇聚到一处，现代人所遭遇到的困境和挑战是空前的。在这种情况下，关怀自己的心理健康，呵护心灵，是明智和刻不容缓的事情。

身心健康更是密切相关。许多生理上的疾病是由心理压力引发的。古希腊的希波克拉底医师，是西方医学的奠基人，他在公元前5世纪就说过，忧郁和焦虑均可致病。我们可以把疾病想象成一座桥梁，这边联系着我们的生理，那边联系着我们的心理。任何一方的柱子坍塌，都会使桥梁产生严重的倾斜。如果两面都塌了，桥就会沉入水底。心病不除，身病就无法痊愈。

我以前看过一个图示，对我的启发很大。它画起来很容易，如果你有兴趣，不妨跟着我一道画一下。有人可能会说，这多浪费时间啊，干脆把它印出来，不是更省事吗?

这话有道理。可我还是忍不住希望你能拿出一张纸，铺在桌上，把这个图示亲手画出来。不是成心要浪费你的时间，而是希望在动手的过程中，你的心也会被不经意地触动。

第一步，先在纸上画一道从左到右的直线，两端都画上箭头。它是一条被相反的力量抻拉着的直线。

第二步，把直线分成三份。注意，不是平均分配，而是两端较短，中间较长。现在，直线变成下面这个样子。

第三步，在直线的左面写上：精神病人；在直线的右面写上：心理超常健康的人；在直线的中间部分写上：正常人。现在，直线变成了：

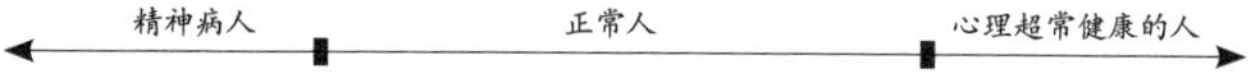

至此，这个简单的图示就完成了。

也许你要问，这个图和我有什么关系呢？以往心理学涉猎的范畴，多半集中在正常人和精神疾病患者交界的区域内，所以，人们常常把心理疾病和精神疾病混为一谈。但是，随着社会的进步和发展，现代心理学的很大一部分工作和研究重点，甚至可以说最主要的工作领域，已经转到了如何让基本正常的人群的心理潜能得到更好发挥，像从蚌壳中剜出珍珠，使其焕发出更夺目的光彩和更充沛的润泽，更好地享受生活的快乐和人生的幸福。

现代人剪裁精良的西装里面，常常包裹着一颗疲惫焦虑的心。当我们感到压力过大，大脑就会传递信号，引发生理上的变化，身体释放出肾上腺素类化学物质，使心跳加快，血压升高，肌肉血管扩张，以便在突发的灾难面前有足够的能量应对。其他的血管循环则缩小或关闭，以保证最重要的部位得到充足的血液。这种应对方式是从远古时代遗传下来的，本来无可厚非。但那时的人们一旦得到足够的食物之后，就松懈下来休息，要么载歌载舞地祭祀或玩耍，要么面对浩瀚星空，思索“万物是从哪里来的？”这样一些玄妙的问题。天赐自然，自然缓解了原始人类生活现实的艰苦和残酷，可惜，今天的人却没有这种幸运。面对无休无止的商海挑战和无所不在的信息轰炸，当自然、休闲、无所事事的轻松几乎变成奢侈品时，如果不会自我调节，就会被激流所裹挟，丧失了收放自如的弹性，终日在高度的应急状态之中，长久下来，如何能不生病！

现代人的情感世界也面临着巨大的挑战。情感是神秘的，也是危险的。敌对、焦虑、日积月累的憎恨和无可名状的畏惧，还有不知所归的内疚和如影随形的孤独，都会毫不吝惜地扰乱你的免疫系统，破坏你的荷尔蒙平衡。而且，并不只是那些当前发生的强烈情感才会留下深重的印记，以往情感巨变的余震仍会影响我们的行动，扰乱我们的决定。情感的回声在记忆的峰峦中不断震荡，潜移默化地操纵着我们的思维。除了以心理学的方式清理和终结它，你没有逃避的办法。

那些我们没有意识到的张力和伤痕，常常会导致复杂的病状，并使病情难以康复。每个人的历史寄宿和储存在身体的各个部分，连免疫系统的综合机能也受它的控制。如果不解决我们的情感苦恼，包括受伤的信念和未能表达的情绪，我们的身体就会在黑暗中长期遭受荼毒，如同潜行的厄尔尼诺，猝不及防带来酷暑和风暴。难怪古代的医圣华佗说："善医者，先医其心而后医其身。"

相反，我相信每个人都有过这样的体验：当我们神清气爽、兴趣盎然的时候，当我们友爱和谐、意气风发的时候，我们的创造力处于昂扬奋发的高潮期，脑子特别好使，新奇的点子层出不穷，灵感的火花不停闪现，让人目不暇接，我们的脸上荡漾着微笑，妙语连珠，感觉太阳格外灿烂，路边的小草绿得像刷了漆……

这就是心理健康的超常时期。可惜它出现的频率并不高，仿佛惊鸿一瞥，电光石火。有的人简直与它素昧平生。多数时间里，我们平淡消沉地应付着日常生活，身在稠密人群包围之中却寂寞难耐。这就是心理亚健康。亚健康俯拾皆是，很多人甚至以为它是常态。

如果你期冀生命的绚丽，就要有不竭的清泉滋养。

你完成了这张图示，能安然面对心理探索，不觉得谈论自己的心理问题是什么见不得人的事情，那么，恭喜你，你已经向心理健康迈出了十分重要的一步。一个人，在温饱问题解决之后，就会更多地关注自己内心的渴求，这是进步和文明的表现，是现代社会不可阻挡的趋势。说起来，人的生理需要比较容易满足——胃的容积很有限，肚子吃饱之后，什么山珍海味都再也不能引起兴趣，硬是填进去，肠胃会病，上吐下泻。穿衣最古老最原始的功能是御寒和蔽体，如果一味地追求时尚，疯狂购置，那就不再是享受而成了受罪。只有模特才每天穿脱不停，把穿衣戴帽当成工作。只有人的心理追索是永无止境的，这是人类最美好的品质之一。如何呵护自己的心灵，是人类永恒的课题。

也许有人会说，我承认人的心理是非常重要的，我也很希望关注自己的心理健康。可是，心理学的书不大好懂，术语复杂，我从何处着手呢？

心灵的学问，要说深邃，再有百年千年也无法穷尽它的奥秘。要说平易，它和我们每个人息息相关。但愿这本书中的心灵游戏能在这件大事上帮你一个小忙。有人看到这儿会说，你刚才还讲心理学是一门严肃科学呢，怎么一眨眼改游戏了？

爱玩游戏是人类的天性。在游戏中，我们心灵放松，情感流动，思考的灵魂会从蛰伏的冬眠中缓缓苏醒，兴奋地发出响亮的声音。我们和自己的内心有了直接而坦率的接触，你因此会发现一个真实到有些陌生的自我，存在于你已经很熟悉的躯壳之中。

不要小看了游戏。游戏能帮助你深入到自己的心灵之海，去探索我们意识中幽深的岛屿。

这一趟航行，你是船长，也是水手，你扬帆，你也沉锚。这些游戏没有统一的答案，没有固定的正确或错误的结论。回答问题所用的时间，越快越好，不必反复斟酌。

思维流星划过的轨迹，宝贵而难以复现。没有人来为你判卷，也没有人来排出你的名次，更没有人查看你的成绩。

一个球迷，如果有人在他还没收听到电台或看到电视台重播的时候，预先把那场比赛的最终结果告诉他，他恨不能掐掉那人的舌头。请先别着急把本书草草翻过，如果你忍不住这样做了，就是你的损失了，你无意中剥夺了自己的机会。如果你做完之后，觉得还有一点儿有趣，请转告朋友你的感想，却不要告知答案。

我读过一位作家所写的一段话，大意是，当我是一个完整的人的时候，人家说，这是我。当我失去了双腿以后，人家会指着我的上半身说，这是我。当我继续失去了我的上肢，只剩下一个躯干的时候，人们还会指着我丧失了四肢的躯体说，这是我。那什么时候人们才会认为我不存在了呢？

作家并没有给出唯一的答案。倘若我回答：只要头颅还在，思考还在，人们就会说“我”还存在；如果思维飘散了，那么，无论我们的肉身多么完整，作为一个人的价值已在模糊之中。是否也可以说，不论生理多么健康，如果没有一颗健康的心灵，没有良好的社会活动，我们就不能算是健康的，也不能算真正存在过。我们也许是别人的影子，也许是没有思想的傀儡，也许是一堆衣服的架子和贮存食物的容器。从生命存在的角度来说，我们需要多方面地了解自己，这不单是为了更好地把握人生，也是生而为人的基本作业之一。

埃及摩西神庙出土的石碑上刻着：“当你对自己诚实时，天下就没有人能欺骗你。”为了获取那无敌的力量和智慧，请你以诚实之心走进下面的游戏，来到生命的旷野上。也许你会说，我看不到花，只看到草。

印度谚语说：认识自己，你就能认识整个世界。

中国的老子说：知人者智，自知者明。

一个人就像一粒种子，天生就有发芽的欲望。哪怕是在地下埋藏千年，哪怕是到太空遨游过百圈，哪怕被冰雪封盖，哪怕经过了鸟禽消化液的浸泡，哪怕被风刀霜剑连续凌虐，只要那宝贵的胚芽还在，一到时机成熟，它就会探出头来，绽开勃勃的生机。

每一株花最初都是草。每一棵草最后都会开出花。

让我们出发，去寻找你的健康三色花，去催放你的红花蕾。

我的五样

第一个游戏的名称，叫作“我的五样”。

现代生活如此繁杂，人们随时需要对发生在自己身上的事做出决定。

小到早上吃什么饭，是喝永和豆浆还是啃麦当劳汉堡？大到事业发展，是跳槽转行还是出国深造？迟缓的比如买房，何时何处何价何户型？紧急的比如有人落水被淹，要不要挺身而出冒生命危险？长久的需考虑找一个怎样的伴侣共度一生？短暂的要选择买一件什么颜色的衣服追上今夏的流行？轻松的好比星期天是旅游还是读书？严酷的例如发现癌症，是手术还是吃中药保守治疗……

多种可能性逼迫我们在众多的选择中做出决定，这几乎成了现代人永恒的困境。有自由才有选择，这是社会的一种进步；但当选择真的来临时，我们常常做出错误的决定，走出“昏着儿”。今天的生活是由你几年前的一个选择决定的，你今天的选择将决定你几年后的生活。比尔·盖茨若不是中途果断退学，抓住了发展时机，他就成就不了微软神话。

一个选择，决定一条道路。一条道路，到达一方土地。一方土地，开始一种生活。一种生活，形成一个命运。

决策失误是最大的失误。每个人都希望尽量少走弯路。将决定做得完美一些，少一些遗憾，是所有人的期望。

那么，做出正确决定的前提是什么呢?

那就是——你到底要什么?

某大公司的总裁面试求职者时，他所问的第一个问题就是："你想得到什么？"让他大吃一惊的是，有百分之七十的求职者根本回答不上来。

听起来不可思议的事，其实每天都在上演。现在，很多人为了得到一份工作，精心设计自传，用精美的纸张印刷，请教公关专家，训练自己的表达能力。有些想走捷径的女孩，不惜皮肉受苦，花巨资整容，甚至还附上自己的泳照。面试当天，很多人穿上名牌西服，为了系一条什么样的领带踌躇再三，对着镜子反复练习自己的举止……花费了巨大的精力和不少时间之后，却在这个基本问题前瞠目结舌，败下阵来。因为，他们想得到什么，自己并不知道。

事实上，很多人走完了他们的人生道路，也从未问过自己希望得到的东西究竟是什么。在少数问过自己这个问题的人当中，许多人也没有得出一个明确清晰的答案。在得到答案的少数人当中，更是只有极少数人能明确地用语言把它描述出来。

如果你不能确定你往哪里走，那么此处就是你的葬身之地。

为了避免这种处境，我们做的第一个游戏，就瞄准这个问题。你知道了你到底要什么，你就能做出决定。

我经历过这样一件事。

每年二月底，就会有人来约，说：请您和我们单位的女士们一道过三八节吧。邀请多了，分身乏术，我开始按照“先来后到”的顺序，谁最先打来电话，就答应谁，后面联系的，我说，对不起，某单位比你们早。结果当年的难题解决了，第二年，上次没约到的人就更早地打来电话，春节就开始不安宁了。我于是改变战术，对所有的邀请都先给一个活话儿，说，我要斟酌一下，再做决定。

那年，清华大学早早来联系，希望我能在三月八日那天到校和同学们共度节日。面对女大学生的邀请，我心中充满清凉的感动。我喜欢和她们在一起，感受那种青春的活力和富有挑战的激情。事情基本上定下来的时候，我突然接到了一个电话，女子监狱邀请我和三百名女犯一道过节。

我愣了，下意识地说，我从来没有面对三百个坏女人讲话的经验。

对方轻轻地反驳说，毕老师，她们不是坏女人，只是正在服刑的女犯。

我知道自己犯了错误，居然说出这种非常幼稚的话。人是不可以简单地分成好和坏的阵营。我赶紧说，请原谅我。不过，我也没有面对犯人讲话的经验啊。对方温和地笑了，说，就像您在别的地方说话一样，谈谈人生和理想什么的就行了。

我放下电话，陷入两难。一方是朝气蓬勃如花似玉的女大学生，一方是大墙之内铁窗之下的女囚犯。和前者在一起，轻松快乐，活泼有趣；和后者在一起，沉重惊异，紧张拘束……如果单单从个人感受出发，当然是选和女大学生在一起了。但我想到自己的责任（我曾经是医生，把责任感看得很重），面对这份诚挚的邀请，我不能拒绝。我决定到女牢去。

决定之后，我不是轻松，反倒更紧张了。我想不出跟她们说什么。所有该讲的，都有人跟她们讲过了；所有该想的，她们也许都在漫长的时间里想过了。别的姑且不论，单是讲演开头如何称呼她们，就让我犯难。惯常的称呼——“同志们”，当然不行。尊称她们为“女士们”，牢狱之中，也不相宜。通常女人们欢庆节日时，会亲昵地说“姐妹们”，但我张不了这个口，我不愿和囚犯称姐道妹。至于人们常说的“朋友们”，我也不能接受，她们不是我的朋友。苦思冥想两天，总算找到了一个称呼，叫她们——“女同胞们”。我想这个称谓基本上算是无懈可击，即使她们犯了重罪，也还是女性，也还是中国人。她们是接受中国法律制裁的我的同性同胞。

称呼确定之后，紧接着就是讲什么。思来想去，我决定在监狱之中让犯人们玩个游戏。这是一个冒险的决定，我无法设想会出现怎样的情形。我从没去过监狱，不知道那里的规矩。

那天早晨下雪了。在去往监狱的途中，望着纷飞的白絮，我想，今天这个游戏若是玩不成，我得准备一份备用的讲演稿。可脑瓜变成了南瓜，除了这个游戏，什么也想不出来。

到了监狱，很大的场所，女犯们穿着灰色的囚服，坐在小板凳上，排成整齐的队列。从高处远远看去，像一块块灰暗的方手绢，四周缀着藏蓝色的宽边——身着藏蓝制服的管理人员，把每个方阵团团围住。

我悄声问身旁坐着的劳改系统领导，为什么主席台离下面的人这么远？

领导回答，你忘了这是什么地方？不是普通学校的大礼堂，是监狱！要是你讲话的时候，有个犯人猛扑上来，掐住你的脖子，把你当人质，你说我怎么办？距离远，我们就有相机处理的时间。

一层鸡皮疙瘩滚过，我这才深刻地意识到，这不是大学的女生节。我又问，为什么狱警要围坐四周？领导很干脆地回答，防暴狱。我吓了一跳，第一次听到“暴狱”这个词。我失声道，怎么会？！要知道她们是女人啊！

领导说，女人怎么啦？你面对的这三百个女人当中，强盗小偷、倒卖人口、制毒贩毒、杀人纵火……一应俱全。我们从没有把三百名女犯聚集在一起开过会，这一次为了听讲演，开了先例。必须严加防范，确保安全。

我用更小的声音问，可以做游戏吗？

我敢说，就是一颗子弹此刻击中他的胸膛，他也不会比听到这句话更紧张。他说，什么？！游戏？！这里哪能做游戏？！犯人们绝不能离开原地半步！

我说，这个游戏不是丢手绢，可以不离开原地。领导充满狐疑地看着我，说，那也不能让她们站起来。我回答，可以不站起来。但是，有纸笔吗？

领导说，没有。她们不能用纸笔。

当我最终走向讲台的时候，我说，女同胞们，先向你们道一声过节好！今天窗外漫天大雪，雪可以覆盖很多东西，但雪下面掩盖着真实。让我们来做一个游戏，看看我们的内心，究竟隐藏着一些怎样的东西……因为我们没有纸和笔，所以就请各位闭上眼睛，想象出一张洁白无瑕的纸，或者，你们就把铺满雪花的大地，当成一张纸吧……

那一天，当我宣布游戏结束的时候，整个监狱大厅中，久久寂静。我说，这个游戏的结果，你们可以不跟任何人说，也可以跟任何人说。说与不说，是你们的自由。我期待的是，你能记住这个游戏的结果，或许它对你以后的人生会有帮助。

台下依然是死一般的寂静，静得能听到窗外雪花降落在树枝和草地上不同的声音。

关于这次经历的结尾，容我后面再叙。我还在不同的场合做过这个游戏，面对形形色色的人。他们的答案各不相同，但基本上都说有所收获。一家著名企业的总裁做完之后，前来同我交流看法。他说，很感谢你。这个游戏也许会改变我的后半生。

我说，真有这么神奇吗？我不敢奢求，只希望它能给大家一点小小的帮助。

总裁说，某些非常重要的变化，并不是鸿篇大论的结果。一句话、一个小故事，有时会有意想不到的魔力，决定了我们的将来。这个游戏在某种程度上，也有这样的魔法。

他说着，把那张写有他的游戏答案的A4纸，细细地对折起来，然后撕开，又对折，再撕开。在我的注视下，他把那张纸反复撕开，直到碎成一堆泰国香米粒般大小的纸屑。之后，他用另一张完整的A4纸把碎屑包起来，放进公文包。

我有些奇怪，说，你要长期保存它们吗?

他笑笑说，不是。我要找一个下水池，将它们彻底冲走。

我说，你的游戏结果需要这样严格的保密吗?

他说，对你和别人不保密，但要对我的太太保密。

好了，我讲了半天有关这个游戏的小故事，有的人可能急了，说，你这个游戏究竟是怎样的，请赶快告诉我们。

现在，我们进入这个游戏的准备阶段。

依上面所讲，好像这个游戏在哪种场合都可以做，但为了效果更好，更准确一些，我建议还是在夜深人静或是黎明醒来时分，你独自一人面对书桌时最好。

希望你不要喝酒，也不要在喧哗的应酬之后做，你可以喝茶或咖啡，但不要太浓。最好避开所有亲近的人，孤独地面对内心。这不是不信任他们，而是人间有些事情只能特立独行。

先拿出一张白纸，洁白无瑕，没有格子，没有折痕，没有因上页纸用笔过重而留下的任何印迹，平展得好似撒哈拉沙漠。再准备一支黑色的签字笔，实在找不到黑色的，蓝色也行。注意啊，不要用红色的，太鲜艳的颜色，容易触目惊心。

做游戏的时候，放松最好。放松使人的心理能量平缓下来，使身心从外在的世界抽离，用思维的板擦把大脑刷洗成虚位以待的空白，等待着深层信念的浮起。

准备好后，在白纸顶端，一笔一画，写下“×××的五样”。这个×××就是你的名字。

这个步骤一定不要省略，因为我们平时除了使用信用卡或是领取重要资料时需要签字，已经很少有机会专心致志写下自己的名字。这个瞬间，请你细细地体会和内心相拥的感动。这个名字代表的不是别人，就是你自己啊。它代表着你的身体，你的记忆，你的爱好和你的希望。你的名字和你密不可分，包容着你这个人的音容笑貌、举止言行，覆盖着你的整个疆域，也牵涉着你的历史和预示着你的将来。总之，它就是你的一切。此刻，天地万物都暂时不存在了，只剩下你的名字和你的心在一起。当我们孤零零地来到这个世界时，你只有你自己。当你有一天离开这个世界时，也是你一个人飘然而去。无论有多少人围在身边，迎接我们的诞生和送别我们的离去，在本质上，我们都是孤独的。

好了，现在，请你用黑色的笔在雪白的纸上，飞快地写下你生命中最重要的五样东西。

这五样东西，可以是实在的物体，比如食物、水或钱；也可以是人和动物，比如父母、妻子、儿女、丈夫或狗。可以是精神的追求，比如宗教或理想；也可以是爱好和习惯，比如旅游、音乐或吃素。可以是抽象的事物，比如祖国或哲学；也可以是具体的物品，比如一个瓷瓶或一组邮票。总之，你尽可以天马行空地想象，只要把你内心最珍贵的五样东西写出来就是了。

不必思来想去，左右斟酌。脑海里涌出什么念头，就提笔把它写下。最先涌出的想法，必有它存在的深刻理由，如实记载即可。不必考虑顺序，排名不分先后，既不按A B C D，也不按姓氏笔画。

此刻，在你面前，已经不再是一张白纸了，纸上有了你亲手留下的字迹。请你目不转睛地看着它们，屏住气，看上一分钟。记住那些笔画的每一笔顿挫和它们在你心中激起的涟漪。这支集结而起的小小队伍，就是你生命中的至爱。它们藏在你心底，是你最大的秘密。也许在今天之前，你还没有认真地思考和珍惜过它们，但从这一刻开始，你知道了什么是你维系生命的理由。

游戏做到这里，已经完成了一半。现在，我们要做另一半了。如果说，前面这一半还有温暖的回忆和惊喜的发现，那么，请原谅，后半部分就有严峻和凄冷，请你做好足够准备。

糟糕！你的生活中出了一点意外。到底是什么呢？我无法说得更详细、更清楚。人生的曲折小径，有很多意外潜伏在那里，好像凶恶的强盗，要你留下“买路钱”。你要付出代价和牺牲，你可以悲伤和愤慨，最重要的是，你还要继续向前。也许，可以这样说，没有意外的人生是不正常的，只有不断的意外，我们的人生才充满了活力和动荡。倘若一切意外都消失了，那也必是生命终止之时。

怎么办？生命中最宝贵的五样，保不住了。你要舍去一样。请你拿起笔，把五样之中的某一样抹去。

注意，不是在那样东西旁边打上一个“×”，还保留着它的基本形态，就是说，你还可以透过稀疏的遮挡看清它。丧失绝非这样仁慈。你要用黑墨水，将这样东西缓缓地，但是毫不留情地涂掉，或者用刀子将它剜掉。直到它在洁白的纸上成为一个墨斑或黑洞，再也无法辨识。如果你抹去的是“鲜花”，那么从此你的生活中将不存在春天和芬芳，你将永远告别夺目的牡丹和美艳的玫瑰，连田野中的雏菊和蒲公英也看不到了。你没资格再进花园，连瞅一眼也不可能。你亲手将一瓣又一瓣花朵扯碎，看着它们融入泥泞。在这个过程中，请你细细体察丧失之感所引发的痛楚。

你的纸上剩下了四样宝贵的东西，还有一个黑洞。此刻，生活又发生了重大变故，来得更凶猛急迫，你保不住你的四样了，必须再放弃一样。

请三思而后行。

我猜，如果说第一次要你放弃的时候，你多少还有些漫不经心的话，这一回，你要郑重行事了。千挑万选，选中的都是至爱。你会说，已经删削到不可压缩了，又要减去一样，这不是强人所难嘛！

不错，就是强人所难。这是这个游戏的玩法，也是命运的某种残酷。不管你有多少怨言和不情愿，请你遵照游戏规则，用你的笔，把四样当中的某一样涂黑。再次提醒，不是轻轻勾去，而是义无反顾地将它完整地从你的视野中除掉。如果你把“钱”抹去了，从此你就变成一个穷光蛋，今后就要和灯红酒绿、锦衣玉食、宝马香车、百媚千姿的奢华日子，彻底“拜拜”了。你虽不至于因贫困冻饿而死，却绝对进不了富豪的行列。如果你舍不得，下不了这个决心，那就把“钱”留下，不必勉强，换另外一样去赴“杀场”。如果你是一个女人，你选择放弃了“工作”，就再不要幻想自己朝九晚五，穿着优雅的套装，在办公室里袅袅婷婷地走过，而要准备习惯穿睡衣，扎围裙，在家中烹饪打扫，相夫教子，还有百无聊赖地看夕阳的生活。

游戏至此，有人已猜出了下面的玩法，露出摸到底牌的神色。我承认你很聪明，也承认这不是一个复杂的游戏。为了你的利益，希望你把注意力从游戏的玩法上跳开，而更关注你写下字的这张纸。游戏最重要的部分即将展开，重要的不仅是规则，更是在过程中你对自我心灵的察觉和领悟。

白纸上，还有三个选项和两个已经看不出名堂的黑斑或黑洞。只有你知道，黑斑或黑洞里埋葬的是什么。生命进程中，你又遇到了险恶挑战。这一次，你又要放弃一样宝贵的东西了。

游戏进展到这一步，往往会遭遇顽强阻抗。有人愤愤地说，什么破游戏？！不玩了不玩了！不停地放弃下去，人生还有什么意思！不，我不放弃！决不！剩下这几样我都要，一样也不能少！就像老葛朗台握住他最后的一块金币，我绝不松手！甚至有人说你太残忍了。你怎能让人这样不停地选择，不停地放弃？你没有这个权力！

我总是对自己，也对大家说，请坚持下去。游戏的核心价值就在这里——你要学会放弃。的确，我是没有这个权力，但生活有这个权力。

主动的放弃，如同退潮的海水，在动荡归于平静的过程中，遗留下突兀屹立的东西，那才是你生命中最重要的礁石。

也许有人会心生怨言，说早知道这个游戏如此玩法，我干脆从一开始就写上些无关痛痒的东西，这会儿放弃起来，也不会如此撕心裂肺地痛。

不管你说什么，只要你坚持下来，胜利就不远了。你已经一步步地接近了赤裸裸的真实，最关键的部分就要横空出世。纸上已经发生了根本的变化——划掉了三样，保留下了两样。纷繁的事物如今已眉清目秀。被涂抹掉的三个黑斑，如同黑色石碑，掩埋着你的所爱。请听好，事情还没有完，咱们还要继续……

如果在课堂或是会场上，这时，通常会有人交头接耳，对游戏的发起人出言不逊："你到底还想怎样？在你的逼迫下，我已将那么多心爱的东西一件件放弃。你不要得寸进尺，你还有完没完？你不要穷凶极恶地逼人，我不玩这个讨厌的游戏了！"

我理解你的憎恶，明白你的烦躁和潜在的恐惧不是针对游戏，而是指向命运。对不起，游戏的本意并不是要冒犯你。希望你咬牙坚持，咱们把游戏进行到底。这不是我逼你，是生活本身会逼你。残酷的压榨不是来自一张白纸，而是来自不可预测的命运。危险无处不在，机遇稍纵即逝。当然，如果你实在玩不下去了，可以中断退席。

坚持有益。这毕竟只是一个游戏，无论你的选择多么伤感，终究还不是现实中的血肉横飞。命运本身的征伐之烈，比最富想象力的游戏更要丰富百倍。

咱们一竿子插到底。是的，你的生活滑到了前所未有的低谷，你必须做出你一生中最艰难也是最果决的选择。你只能留下一样，其余全部放弃。

游戏进行到这里，四周往往是洪荒一样的寂静，数十人、上百人的会场，听得见银针落地。每个人都沉浸在煎熬之中，所剩两样，精中选精，都是你心中的至爱。放弃哪一样，都是刻骨铭心的痛。有若干次，我听到场上响起轻轻的啜泣。有人愤怒地看着我，要求把这不人道的规矩破一破。我心中何尝不难过？想当初我自己把游戏做到这一步的时候，也是五内俱焚，恨不得扔了纸笔一个箭步逃出。

要挺住啊。我这样对自己说，也为所有玩着这个游戏、一步步走到此刻的朋友们鼓劲。你可以哭泣，为了你所有失去的珍爱。你也可以犹豫，为了你割舍不下的情愫。你也可以反悔，那样你就不停地在犹疑之中煎熬。当然，你也可以“不作为”，不选了，剩三两样并驾齐驱，又能怎样？

是的，你可以逃避这个游戏，但你却无法逃避命运的敲打。

大难当头，千钧一发，看你往何处躲？到此，游戏基本上见出眉目。你的纸上只剩下了一样东西，这就是你最宝贵的东西。你涂掉了四样，它们同样是你宝贵的东西。被涂掉的顺序就是你心目中划分的主次台阶，有点像奥林匹克竞赛中的领奖台，冠军是金，亚军是银，第三名是铜。

好好记住这个顺序吧，如果在生活中遇到无所适从的时候，不妨用头脑中的打印机，把这张纸无形地打印出来。也许，奇迹就会发生，你的答案也就顺滑地诞生出来了。

喂，想好了吗？

写下你的五样……

也许有人会问，究竟剩下哪一样东西才是正确的呢？排列顺序有没有最终的正确答案？从某种意义上说，心灵游戏都是没有答案的游戏。你按照你的思维逻辑和价值观的选择，做出了你的排列组合，只要不妨害他人，就没有对错之分，只有真实与虚伪、清晰与混乱、和谐与纷杂的区别。

我看过很多人的答案，在感谢他们对我信任的同时，也惊讶那些结果竟是高度一致。大家写下的大都是“亲情、友情、爱情、健康、快乐”，在删涂的过程中，顺序有所不同，留在最后的，以上五样当中每一样都有。

当然也有例外。

如果你最后剩下的是“钱”，那么你也就不必为对爱情、友情、亲情诸如此类情感的向往长吁短叹了，因为你不曾把它们保留到最后，所以你也就享受不到它们回馈你的润泽温暖和隽永香气。你早早就抛弃了的东西，怎能指望它们在你困窘的时候伴随身边？你周遭总是聚集着见利忘义、落井下石的酒肉之交，请你不要抱怨命运的戏弄。钱在给予你种种便利的时候，也是招引苍蝇的蜂蜜。如果你爱的人在你最需要的时刻，扬长而去，请你不要为人世的薄情愤怒。当你把钱当成至高向往的时候，与你打交道的人也遵循对等的法则。如果兴盛发达时，灯红酒绿，无数宾朋环绕着你，请不要得意忘形，因为他们瞄准的可能是你口袋中的金条，而非你这个人。假如千金散尽，他们作鸟兽散，也是情理之中的事。

值得庆幸，也值得惊讶的是，这个游戏，在无数张留下字迹的白纸中，竟没有一个人是把“金钱”保留到最后一项的，甚至保留到最后三样两样时的比例，也是出乎意料的少。我曾百思不解，现实中有太多的利欲熏心，为了金钱不惜毁弃一切，真正到了神清气爽，认真思索什么是你生命中的最重时，几乎所有的人都把金钱抛掉了。

生活就是这样会捉弄人。南辕北辙的事，俯拾皆是。我们最终的目标不是最多的金钱，而是最大的幸福。

幸福和金钱有关联，但绝不成比例。

如何让幸福溢满心间，这是一门艺术。

所有的决定都必有取舍，有取舍就会有痛苦，世上没有万全之策。所有的决定都包含放弃，你不可能占尽便宜。当你明确了什么是生命中最重要的东西，依次明晰了重要事项的次序，剩下的就是按图索骥。

有人会说，我的重要之物会不会变化呢？

世上没有绝对不变的事物，从这个角度来说，“我的五样”是会变化的。但对一个成年人来说，你的世界观基本定型，你已是一个稳定的系统。很难想象太阳系会秩序大乱，冥王星站到了火星的旁边。不信，综观你所做过的决定，它都有模式可寻，它是直觉加预想还有价值观综合决定的。游戏就像一个小小侦察兵，帮你探查自己的价值观，现在，它把报告送上来了。

有人说，我已知道了自己的五样，能告诉我别人的五样是什么吗？

有一位数学老教授，他最后留下的那一样，竟然是动物。一只什么动物呢？如果是熊猫或是孔雀，或许还可理解，但他写下的是“猪”！我惊讶极了。猪，在一般人眼里，肮脏、笨拙、懒惰，居然成了这位有着高深学养的知识分子的至爱，这其中有着怎样的逻辑和故事？

面对众人的愕然，老教授解释说，我从来没有做过游戏，你知道，对于一个严谨的科学家来说，游戏是幼儿园小朋友的活动。这个游戏，让我想起了痛苦的往事。“文化大革命”当中，我被打成了“资产阶级反动学术权威”，白天批斗不止，晚上关进牛棚，受尽折磨。后来被发配到边疆劳动，分配我到山上放几十头猪。造反派恶狠狠地对我说，如果你弄丢了一头猪，或是猪跑了、猪瘦了、猪病了、猪死了，你都得以命相抵。我的妻子为了不受牵连，和我离了婚，孩子也和我划清了界限，不认我这个爸爸。每天，我在山坡上孤独地和一群猪在一起，从清晨到黄昏，无数次清点猪的数目，抚摸猪的皮毛，看它们会不会走丢或生病。白天，只有猪吃饱了，我才敢咽下冷糙的干粮；夜里，只有猪打起呼噜，我才能闭上眼睛。慢慢地，我和猪有了很深的感情，在这个风雨飘摇的世界上，只有它们不歧视我，不打我、不骂我、不侮辱我，它们那么善良和老实，从不会欺骗我、揭发我，也不会弃我而去。从那时起，在我心中，猪比我的妻儿更重要。猪甚至比我的事业、我的理想更重要。丢了猪，我的命不保了，还奢谈什么事业、理想？有猪就有一切，所以我要留下“猪”。猪比人仁义可信，不搞打砸抢，不搞逼供，不会背叛，没有阴谋，你说我这最后一样不留下猪还留下什么？！

面对发苍苍、目茫茫的数学教授，大家不知说什么好。是的，猪在这里不再是不会说话的动物，而是意味着良知和安全，代表着友谊和信任。在这样东西里，凝固着世事炎凉，也凸现着教授对正义和温情的渴望。

还有一位很有业绩的女企业家，她把答完的纸放在我面前，然后用右手食指竖在口唇边说，你千万不要吃惊。

她告诉我，第一个放弃的是丈夫，最后保留下的是儿子。她说，我想问问您，在这个游戏中，男人们是不是很快就把自己的妻儿放弃了？

我说，有这样的人。但也有把妻儿一直保留到最后的男人。

女企业家说，我有一个古老的问题，也是热恋中的男人和女人常常争辩的问题，就是，如果妻子和父母都落在水里的时候，你先救谁？我知道有很多恋人就是因为这个两难的问题而分手了。您的游戏能解决这个难题吗？

我说，也许能。因为，如果一个男人把他的父母保留到最后，那你就可以判定，他父母的期望和意志将极大地影响到他的选择方向。不能说这对还是不对，只是他的女友对这一点要有充分估计，包括必要时要去了解他父母的为人和性格。新婚之夜，躺在婚床上的，将不仅仅有新婚的夫妻，还有隐身的公婆大人。如果你爱这样的丈夫，请做好足够的思想准备。在分歧的时候，你可能需要更多的妥协和退让。如果你不接纳这种委曲求全，就要更慎重地思考你的决定。

女企业家听到这里，说，不说别人了，就说我自己吧。我早早放弃了丈夫，是因为他根本就不爱我。

我说，对一个不爱你的人，放弃不是错误。

女企业家又说，把孩子保留到最后，是不是很愚蠢？

我说，我也是母亲，尊重这种选择。

女企业家说，可我还是不明白，就算排出了这种顺序，和我的实际生活有什么关系呢？

我说，我试着解读一下，不一定对，说错了请你原谅。丈夫在你的生活里还占据着相当重要的地位，五样之中居一席，我猜你现在还维持着自己的婚姻，虽然已经没有了爱。如果你丈夫和你后面划去的那几项事物，有了更大的冲突，你会首先放弃他，郑重地考虑离婚。既然你把孩子放在最最重要的地位，那你在做一切选择的时候，都会把他的利益放在第一。

我的话还没说完，女企业家就高声叫起来：我明白我要做什么啦！最近公司跟我商讨到外地出长差，待遇十分优厚。我一时拿不定主意，去还是不去。孩子正要中考，迫切需要家长扶一把。我原想到外地去挣钱多，给孩子多攒下一点家当，日后对他会有帮助。这个游戏一做，我明白了，孩子对我是最重要的，他正在节骨眼儿上，我不能以种种理由溜到别处。对孩子来说，钱不是最重要的，母亲的支持和鼓励更胜过金钱。给他留下金山银山，不如留下面对考验时的经验和勇气。长差我不去了，给多少钱也不去。

现在，让我把女子监狱的故事讲完。没有纸笔，就请大家把自己的头脑想象成一张白纸，依次写出自认为最宝贵的五样东西。我面对着台下那一方又一方的“灰蓝色手绢”说，大家心目中留下的最后一样东西到底是什么，我不知道。咱们条件所限，也没法互相交流。我做一个大胆的猜测：这最后一样东西，不是罪恶，不是丑陋，而是温暖柔和快乐明亮的东西。我相信这一点，就像相信太阳是从东方升起，即使是在这高墙之内。

说完这些话，我正要宣布游戏结束，一旁的领导把麦克风拔了过去。他说，我来补充两句。刚才这个游戏，毕老师让大家闭上眼睛做，我没有闭上眼睛。为什么？因为我的工作职责就是瞪大了眼睛盯着你们。我睁着眼睛也完成了游戏。我最后保留下来的东西是什么，我可以告诉大家，这就是我的工作。我的工作就是看守你们。我热爱我的工作。我还想起了以前的革命烈士，比如江姐。如果让她来做这个游戏，她最后一样会留下什么东西呢？我相信她会留下自己的信仰和理想，那就是为共产主义而奋斗。为了这个崇高的信念，她不惜牺牲自己的生命，这就是英烈们的伟大之处。扯远了，回到这个游戏当中来。刚才你们最后留下的是什么，毕老师说她不知道。我也不知道毕老师是真不知道还是拘着面子，给你们留个尊严。我想，你们留下的那最后一样，大概是自由。对，没错，就是自由，肯定是自由。为什么把你们关在大墙之内？是你们曾经因为自己的罪行，破坏了别人的自由。你们被关在这里，正是为了让社会更安全和更自由。自由是个好东西，你们此时此刻一定格外珍惜它。那么，我希望你们能够记住这个游戏，记住你最宝贵的东西是什么，然后以实际行动，来实现自己美好的愿望。

我不知道监狱让不让鼓掌，反正那一天我没有听到掌声，大家都被这番话震慑住了。后来，我收到了来自女子监狱的一封信。她说，落雪那天的游戏像第二次审判，永远烙在了她的记忆中。

至于那位总裁最后一样留下的是什么，又为什么要如此保密，我不知道，只知道他后来到大学教书去了。

这个游戏做完之后，你可以和自己的丈夫、妻子或是父母、好友分享。当然，要是你在游戏的过程中，早早地就把配偶的姓名涂掉了，此举就要小心点了。其实，如实告知也没有什么了不起的，这就是一个真实的你和一个真实的顺序。最残酷的真实也比最美丽的虚幻好。价值观会深深地影响人，人们会为实现价值去死、去杀人、去牺牲、去奋斗。人们会为骄傲和自尊放弃对生命的爱，人们会为自豪和荣誉而献身，人们会为正直的名声和慈悲的心肠而放弃财富。当人们采取行动的时候，典型的做法是为了实现无形的价值。假如一个人非常重视安全，害怕挑战，这个人就会为了实现这个价值，而多年从事非常低微的工作，自得其乐。把刺激看得很重的人，就会甘愿为了实现这个价值去拿生命做冒险，从事极富挑战和危险的工作。

遇到难以做出的决定，请想想你的五样。心理健康的人不是没有问题，而是他能有效地解决问题。尽量使你的决定和你的价值观相吻合，这是心灵健康的不二法门。

谁是你的重要他人？

做完了上一个游戏，是不是觉得有些累？自派侦察兵窥破内心，这不是一件轻松的工作。第二个游戏，程序上相对简单一点，但分量也不轻，游戏名字叫作：“谁是你的重要他人？”

有人会问，什么叫“重要他人”？

“重要他人”是一个心理学名词，意思是在一个人心理和人格形成的过程中，起过巨大的影响，甚至是决定性作用的人物。

“重要他人”可能是我们的父母长辈，或者是兄弟姐妹，也可能是我们的老师，抑或萍水相逢的路人。童年的记忆遵循着非常玄妙神秘的规律，你着意要记住的事情和人物，很可能湮没在岁月的灰烬中，但某些特定的人和事，却挥之不去，影响我们的一生。如果你不把它们寻找出来，并加以重新的认识和把握，它们就可能像一道符咒，在潜意识的海洋中潜伏着，影响潮流和季风的走向。你的某些性格和反应模式，由于“重要他人”的影响，而被打上了深深的烙印。

这段话有点拗口，还是讲个故事吧。故事的主人公是我和我的“重要他人”。

她是我的音乐老师，那时很年轻，梳着长长的大辫子，有两个漏斗一样深的酒窝，笑起来十分清丽。当然，她生气的时候酒窝隐没，脸绷得像一块苏打饼干，木板样干燥，很是严厉。那时我大约十一岁，个子长得很高，是大队委员，也算个孩子里的小官，有很强的自尊心和虚荣心了。

学校组织“红五月”歌咏比赛，要到中心小学参赛，校长很重视，希望歌咏队能拿好名次，为校争光。最被看好的是男女生小合唱，音乐老师亲任指挥，每天下午集中合唱队的同学们刻苦练习。我很荣幸被选中，每天放学后，在同学们羡慕的眼光中，走到音乐教室，引吭高歌。

有一天练歌的时候，长辫子的音乐老师，突然把指挥棒一丢，一个箭步从台上跳下来，东瞄西看。大家不知所以，齐刷刷闭了嘴。她不耐烦地说，都看着我干什么？唱！该唱什么唱什么，大声唱！说完，她侧着耳朵，走到队伍里，歪着脖子听我们唱歌。大家一看老师这么重视，唱得就格外起劲儿。

长辫子老师铁青着脸转了一圈儿，最后走到我面前，做了一个斩钉截铁的手势，整个队伍瞬间安静下来。她叉着腰，一字一顿地说，毕淑敏，我在指挥台上总听到一个人跑调儿，不知是谁。我走下来一个人一个人地听，总算找出来了，原来就是你！一粒老鼠屎坏了一锅汤！现在，我把你除名了！

我木木地站在那里，无法接受这突如其来的打击。刚才老师在我身旁停留得格外久，我还以为她欣赏我的歌喉，唱得分外起劲儿，不想却被抓了个“现行”。我灰溜溜地挪出了队伍，羞愧难当地走出教室。

那时的我，基本上还算是一个没心没肺的女生，既然被罚下场，就自认倒霉吧。我一个人跑到操场，找了个篮球练起来，给自己宽心道：嗨，不要我唱歌就算了，反正我以后也不打算当女高音歌唱家。还不如练练球，出一身臭汗，自己闹个筋骨舒坦呢！（嗨！小小年纪，已经学会了中国小老百姓传统的精神胜利法。）这样想着，幼稚而好胜的心也就渐渐平和下来。

三天后，我正在操场上练球，小合唱队的一个女生气喘吁吁跑来说，毕淑敏，原来你在这里！音乐老师到处找你呢！

我奇怪地说，找我干什么？

那女生说，好像要让你重新回队里练歌呢！

我挺纳闷，不是说我走调厉害，不要我了吗？怎么老师又改变主意了？对了，一定是老师思来想去，觉得毕淑敏还可用。从操场到音乐教室那几分钟路程，我内心充满了幸福和憧憬，好像一个被发配的清官又被皇帝从边关召回来委以重任，要高呼“老师圣明”了。(正是瞎翻小说，胡乱联想的年纪。）走到音乐教室，我看到的是挂着冰霜的“苏打饼干”。长辫子老师不耐烦地说，毕淑敏，你小小年纪，怎么就长了这么高的个子？!

我听出话中的谴责之意，不由自主就弓了脖子塌了腰。从此这个姿势贯穿了我整个少年和青年时代——总是略显驼背。

老师的怒气显然还没发泄完，她说，你个子这么高，唱歌的时候得站在队列中间，你跑调儿走了，我还得让另外一个男生也下去，声部才平衡。人家招谁惹谁了？全叫你连累的，上不了场！

我深深低下了头，本来以为只是自己的事，此刻才知道还把一个无辜者拉下水，实在无地自容。长辫子老师继续数落，小合唱本来就没有几个人，队伍一下子短了半截，这还怎么唱？现找这么高个子的女生，合上大家的节奏，哪那么容易？现在，只剩下最后一个法子了……

老师看着我，我也抬起头，重燃希望。我猜到了老师下一步的策略，即便她再不愿意，也会收我归队。我当即下决心要把跑了的调儿扳回来，做一个合格的小合唱队员！

我眼巴巴地看着长辫子老师，队员们也围了过来，在一起练了很长时间的歌，彼此都有了感情。我这个大嗓门儿走了，那个男生也走了，音量轻弱了不少，大家也都欢迎我们归来。

长辫子老师站起来，脸绷得好似新纳好的鞋底。她说，毕淑敏，你听好，你人可以回到队伍里，但要记住，从现在开始，你只能干张嘴，绝不可以发出任何声音！说完，她还害怕我领会不到位，伸出颀长的食指，笔直地挡在我的嘴唇间。

我好半天才明白了长辫子老师的禁令：让我做一个只张嘴不出声的木头人。泪水憋在眼眶里打转，却不敢流出来。我没有勇气对长辫子老师说，如果做傀儡，我就退出小合唱队。在无言的委屈中，我默默地站到了队伍中，从此随着器乐的节奏，口形翕动，却不得发出任何声音。长辫子老师还是不放心，只要一听到不和谐音，锥子般的目光第一个就刺到我身上……

小合唱在“红五月”歌咏比赛中拿了很好的名次，只是我从此落下再不能唱歌的毛病。毕业的时候，音乐考试是每个学生唱一支歌，但我根本发不出自己的声音。音乐老师已经换人，并不知道这段往事，她很奇怪，说，毕淑敏，我听你讲话，嗓子一点毛病也没有，怎么就不能唱歌呢？如果你坚持不唱歌，你这一门没有分数，你不能毕业。

我含着泪说，我知道。老师，不是我不想唱，是我真的唱不出来。老师看我着急成那样，料我不是成心捣乱，只得特地出了一张有关乐理的卷子给我，我全答对了，才算有了这门课的分数。

后来，我报考北京外语学院附中，口试的时候，又有一条考唱歌。我非常决绝地对主考官说，我不会唱歌。那位学究气的老先生很奇怪，问，你连《学习雷锋好榜样》也不会？那时候，全中国的人都会唱这首歌，我要是连这也不会，简直就是白痴。但我依然很肯定地对他说，我不唱。主考官说，我看你胳膊上戴着三道杠，是个学生干部。你怎么能不会唱？当时我心里想，我豁出去不考这所学校了，说什么也不唱。我说，我可以把这首歌词默写出来，如果一定要测验我，就请把纸笔找来。

那老先生居然真的去找纸笔了……我抱定了被淘汰出局的决心，拖延时间不肯唱歌，和那群严谨的考官们周旋争执，弄得他们束手无策。没想到发榜时，他们还是录取了我。也许是我一通胡搅蛮缠，使考官们觉得这孩子没准以后是个谈判的人才吧。入学之后，我迫不及待地问同学们，你们都唱歌了吗？大家都说，唱了啊，这有什么难的。我可能是那一年北外附中录取新生中唯一没有唱歌的孩子。

在那以后几十年的岁月中，长辫子老师那竖起的食指，如同一道符咒，锁住了我的咽喉。禁令铺张蔓延，到了凡是需要用嗓子的时候，我就忐忑不安，逃避退缩。我不但再也没有唱过歌，就连当众发言演讲和出席会议做必要的发言，都会在内心深处引发剧烈的恐慌。我能躲则躲，找出种种理由推脱搪塞。会场上，眼看要轮到自己发言了，我会找借口上洗手间溜出去，招致怎样的后果和眼光，也完全顾不上了。有人以为这是我的倨傲和轻慢，甚至是失礼，只有我自己才知道，是内心深处不可言喻的恐惧和哀痛在作祟。

直到有一天，我在做“谁是你的重要他人？”这个游戏时，写下了一系列对我有重要影响的人物之后，脑海中不由自主地浮现出了长辫子音乐老师那有着美丽的酒窝却像铁板一样森严的面颊，一阵战栗滚过心头。于是我知道了，她是我的“重要他人”。虽然我已忘却了她的名字，虽然今天的我以一个成人的智力，已能明白她当时的用意和苦衷，但我无法抹去她在一个少年心中留下的惨痛记忆。烙红的伤痕直到数十年后依然冒着焦煳的青烟。

弗洛伊德精神分析学派认为，即使在那些被精心照料的儿童那里，也会留下心灵的创伤。因为儿童智力发展的规律，当他们幼小的时候，不能够完全明辨所有的事情，以为那都是自己的错。

说到这里，我猜聪明的你，已经明了了这个游戏的做法。

请在一张白纸上，写下“×××的重要他人”，这个“×××”当然就是你的名字。然后，另起一行，依次写下“重要他人”的名字和他们入选的原因，这个游戏就完成了。

步骤只有一、二，它所惊扰的断层却常常引发剧烈的地震。

孩子的成长，首先是从父母的瞳孔中确认自己的存在。他们稚弱，还没有独立认识世界的能力。如同发育时期的钙和鱼肝油会进入骨骼一样，“重要他人”的影子也会进入儿童的心理年轮。“重要他人”说过的话，做过的事，他们的喜怒哀乐和行为方式，会以一种近乎魔法的力量，种植在我们心灵最隐秘的地方，生根发芽。

在我们身上，一定会有“重要他人”的影子。

美国有一位著名的电视节目主持人，叫奥普拉·温弗瑞。2003年，她登上了《福布斯》身家超过十亿美元的“富豪排行榜”，成为黑人女性获得巨大成功的代表。

父母没有结婚就生下了她，从小住的房子连水管都没有。一天，温弗瑞正躲在屋角读书，母亲从外面走进来，一把夺下她手中的书，破口大骂道：你这个没用的书呆子，把你的屁股挪到外面去！你真的以为你有什么了不起？你这个白痴！

温弗瑞九岁就被表兄强奸，十四岁怀了身孕，孩子出生后就死了。温弗瑞自暴自弃，开始吸毒，然后又暴饮暴食，吃成了一个大胖子，还曾试图自杀。那时，没有人对她抱有希望，包括她自己。就在这时，她的生父对她说：有些人让事情发生，有些人看着事情发生，有些人连发生了什么都不知道。

极度空虚的温弗瑞开始挣扎奋起，她想知道自己的生命中究竟有些什么样的事情会发生。她要顽强地去做“让事情发生的人”。大学毕业之后，她获得了一个电视台主持人的位置，1984年，她开始主持《芝加哥早晨》的节目，大获成功，在很短的时间里成为全美收视率最高的节目。她开始发动全国范围内的读书节目，她对书的狂热喜爱和她的影响力，改变了很多书的命运。只要她在自己的脱口秀节目里对哪本书给予好评，那本书的销量就会节节攀升。

温弗瑞成立了自己的公司，创办了畅销杂志，还参股网络公司。她乐善好施的名声和她的节目一样响亮。她每年把自己收入的百分之十用来做慈善捐助。这个温弗瑞亲手推动了太多的事情发生！她认为这主要来源于父亲的那一句话。

如果让温弗瑞写下她的“重要他人”，温弗瑞的父亲一定是首选。他不但给予了温弗瑞生命，而且给予了她灵魂。温弗瑞的母亲也算一个。她以精神暴力践踏了幼小的温弗瑞对书籍的热爱，潜藏的愤怒在蛰伏多年之后变成了不竭的动力，使成年以后的温弗瑞，以极大的热情投入到和书籍有关的创造性劳动之中，不但自己读了大量的书，还不遗余力地把好书推荐给更多的人。那个侮辱侵犯了温弗瑞的表哥，也要算作她的“重要他人”，这直接导致了温弗瑞的巨大痛苦和放任自流，也在很多年后，主导了温弗瑞执掌财富之后，把大量的款项用于慈善事业，特别是援助儿童和黑人少女。

看，“重要他人”就是如此影响生活和命运。

美国通用电气公司的CEO杰克·韦尔奇，被誉为全球第一CEO。在短短二十年里，韦尔奇使通用电气的市值增加了三十多倍，达到了四千五百亿美元，排名从世界第十位升到了第二位。韦尔奇说，母亲给他的最伟大的礼物就是自信心。韦尔奇从小就口吃，就是平常所说的“结巴”。在大学读书的时候，每逢星期五，天主教徒是不准吃肉的，所以在学校的餐厅里，韦尔奇经常会点一份烤面包夹金枪鱼。奇怪的是，女服务员端上来的都是两份。为什么呢？因为韦尔奇结巴，总是把这份食谱的第一个单词重复一遍，服务员就听成了“两份金枪鱼”。

面对这样一个吭吭哧哧的孩子，韦尔奇的母亲居然找出了完美的理由。她对幼小的韦尔奇说：“这是因为你太聪明了，没有任何一个人的舌头，可以跟得上你这样聪明的脑袋。”

韦尔奇记住了母亲的这种说法，从未对自己的口吃有过丝毫的忧虑。他充分相信母亲的话，他的大脑比他的舌头转得更快。母亲引导着韦尔奇不断进取，直到他抵达辉煌的顶峰。母亲是韦尔奇的“重要他人”。

再讲一个苹果的故事。正确地说，是两个苹果的故事。一位妈妈有两个孩子，拿出两个苹果。苹果一个大一个小，妈妈让两个孩子自己来挑，大儿子很想要那个大苹果，正想着怎么说才能得到这个苹果，弟弟先开了口，说，我想要大苹果。妈妈呵斥道，你想要大的苹果，你不能说。这个大儿子灵机一动，改口说，我要这个小苹果，大苹果就给弟弟吧。妈妈说，这才是好孩子。于是，妈妈就把小苹果给了小儿子，大儿子反倒得到了又红又大的苹果。大儿子从妈妈这里得到了一条人生的经验：你心里的真心话不可以说，你要把真实掩藏起来。后来，这个大儿子就把从苹果中得到的道理应用于自己的生活，见人只说三分话，耍阴谋使诡计，巧取豪夺，直到有一天把自己送进了监狱。这位成了犯人的大儿子，如果写下自己的“重要他人”，我想他会写下妈妈和这个红苹果。

还有一位妈妈，有一篮苹果和一群孩子，也是人人都想得到大苹果。妈妈把大苹果拿到手里，说：大苹果只有一个，你们兄弟这么多，给谁呢？我把门前的草坪划成了三块，你们每人去修剪一块草坪。谁修剪得又快又好，谁就能得到这个大苹果。

众兄弟中的老大得到了大红苹果。他从中悟出的生活哲理是——享受要靠辛勤的劳动换取。这个信念指导着他，直到他最后走进了白宫，成为著名的政治家。如果由他来写下自己的“重要他人”，妈妈和大红苹果也会赫然在目。

看了以上的例子，你是不是对“重要他人”的重要性有了进一步的认识？也许有的人会说，我儿时的记忆早已模糊，可不记得什么他人不他人的了。我现在的所作所为，都是我自己决定的，和其他人没关系。

这个说法有一定的道理，在我们的意识中，很多决定的确是经过仔细思考才做出的。但人是感情动物，情绪常常主导着我们的决定。而情绪是怎样产生的呢？这也和我们与“重要他人”的关系密切相关。

有一位著名的心理学家，叫艾利斯，他认为，人的非理性信念会直接影响一个人的情绪，使他遭受困扰，导致人的很多痛苦。比如，有的人绝对需要获得周围环境的认可，特别是获得每一位“重要他人”的喜爱和赞许，其实这是不可能实现的事。有人就是笃信这个观念，把它奉作真理，千辛万苦，甚至委屈自己来取悦“重要他人”，以后还会扩展到取悦更多的人，甚至所有的人，以得其赞赏。结果呢，达不到目的不说，还令自己沮丧失望，受挫和被伤害。

传统脑神经学认为，每一种情绪都是经过大脑的分析才做出反应，但近年来，美国的神经科学家却找到了情绪神经传输的栈道。通过精确的研究，科学家们发现，有部分原始的信号，是直接从人的丘脑运动中枢，引起逃避或是冲动的反应，其速度极快，大脑的分析根本来不及介入。大脑里，有一处记忆情绪经验的地方，叫作杏仁核，它将我们过去遇见事情时的情绪、反应记录下来，好像一个忠实的档案保管员。在以后的岁月中，只要一发生类似事件，杏仁核就会越过大脑的理性分析，直接做出反应。

真是“成也萧何，败也萧何”。杏仁核这支快速反应部队，既帮助我们在危机的时刻，成功地缩短应对时间，保全我们的利益，也会在某些时候形成固定的模式，贻误我们的大事。

杏仁核里储存的关于情绪应对的档案资料，不是一时一刻积存的。“重要他人”为什么会对我们产生那么重要的影响，我猜想关于“重要他人”的记忆，是杏仁核档案馆里使用最频繁的卷宗。往事如同拍摄过的底片，储存在暗室，一有适当的药液浸泡，它们就清晰地显影，如同刚刚发生一般，历历在目，相应的对策不经大脑筛选已经完成。

魔法可以被解除。那时你还小，你受了伤，那不是你的错。但你的伤口至今还在流血，你却要自己想法包扎。如果它还像下水道的出口一样嗖嗖地冒着污浊的气味，还对你的今天、明天继续发挥着强烈的影响，那是因为你仍在听之任之。童年的记忆无法改写，但对一个成年人来说，却可以循着“重要他人”这条缆绳，重新梳理我们和“重要他人”的关系，重新审视我们的规则和模式。如果它是合理的，就变成金色的风帆，成为理智的一部分。如果它是晦暗的荆棘，就用成年人有力的双手把它粉碎。这个过程不是一蹴而就，有时自己完成力不从心，或是吃力和痛苦，还需要借助专业人士的帮助，比如求助于心理咨询师。

也许有人会说，“重要他人”对我的影响是正面的，正因为心中有了他们的身影和鞭策，我才取得了今天的成绩。这个游戏，并不是要把“重要他人”像拔萝卜一样连根揪出来，然后与之决裂。对我们有正面激励作用的“重要他人”，已经成为我们精神结构的一部分。他们的期望和教诲已化成了我们的血脉，我们永远不会丢弃对他们的信任和仁爱。但我们不是活在“重要他人”的目光中，而是活在自己的努力中。无论那些经验和历史多么宝贵，对于我们来说，已是如烟往事。我们是为了自己而活着，并为自己负起全责。

经过处理的惨痛往事，已丧失实际意义上的控制魔力。长辫子老师那句“你不要发出声音”的指令，对今天的我来说，早已没有辖制之功。

就是在最饱含爱意的环境中长大的孩子，也会存有心理的创伤。

寻找我们的“重要他人”，就是抚平这创伤的温暖之手。

当我把这一切想清楚之后，好像有热风从脚底升起，我能清楚地感受到长久以来禁锢在我咽喉处的冰霜噼噼啪啪地裂开了，一个轻松畅快的我，从符咒之下解放了出来。从那一天开始，我可以唱歌了，也可以面对众人讲话而不胆战心惊了。从那一天开始，我宽恕了我的长辫子老师，并把这段经历讲给其他老师听，希望他们意识到面对孩子稚弱的心灵，该是怎样的谨慎小心。童年时被烙印下的负面情感，是难以简单地用时间的橡皮轻易地擦去。这就是心理治疗的必要所在。和谐的人格不是从天上掉下来的，而是和深刻的内省有关。

告诉缺水的人哪里有水源，告诉寒冷的人哪里有篝火，告诉生病的人哪里有药草，告诉饥饿的人哪里有野果，这些都是天下最好的礼物。

如果让我选出自己最喜欢的游戏，我很可能要把票投给“谁是你的重要他人？”。感谢这个游戏，它在某种程度上修改了我的人生。人的创造和毁灭都是由自己完成的，人永远是自己的主人。即使当他在最虚弱、最孤独的时候，他也是自己的主人。当他开始反省自己的状况，开始辛勤地寻找自己的生命所依据的法则时，他就变得渐渐平静而快乐了。

我是一个怎样的人？

我是谁？

一个古老的问题。原始人在集体捕获了一只大动物分而食之、吃饱喝足之后，面对浩瀚星空无边宇宙，一定会怅然思索这个问题。现代文明的一个“好处”，就是把人禁锢在城市里，用水泥和人造灯火，把目光和星空、远山隔绝开来，把这个充满惆怅和苍凉的问题，藏到了冰箱的冷藏室和汽车的后备厢里。不到停了电储物腐败或轮胎爆了抛锚路边的时候，我们很难发觉它。这是现代人的进步，也是现代人的悲哀。我们得以躲在灯红酒绿的城堡中，躲避日日夜夜面对大自然时的渺小感，穿着莱卡的灵魂逃逸了拷问，得以浑浑噩噩混到终点，失去了反思和警醒的契机，猛然回首，时间的桑叶已被年龄的毛虫蛀空大半，却并没有蚕丝的光泽闪现。

我和同道们办了一个心理咨询中心。在宁静的春草绿色墙壁的咨询室里，接待过很多来访者。常有报社记者坐在米黄色的沙发上，好奇地问，你们平日就是在这里做咨询吗？我回答，是啊。记者接着问，能把发生的故事讲给我听听吗？我说，不行。心理咨询专业守则有很严格的规定，不可将来访者的任何信息泄漏出去。锲而不舍是记者的特性，他们会绕着圈子问，到这儿来的是男人多还是女人多啊？哪个年龄段的人最多啊？最小的是几岁就来咨询啊？最大年纪的人高寿多少啊……我理解他们的好奇心，但坚守无可奉告的原则。有一个问题是例外，那就是记者问道，人们谈论最多的问题是什么？是情感方面的，还是人际关系？再不就是事业发展方面的问题？

每到这时，我会非常肯定地回答，在这间咨询室里，心理咨询师和来访者们谈论最多的问题，是一个古老的哲学问题——人活着的意义是什么？

记者们通常会把眼睛瞪得溜圆，在他们以为会听到缠绵悱恻的情爱故事或是惊世骇俗的传奇经历的地方，却是如此坚硬冷峻的内核。

如果咨询室的米黄色沙发有知，它一定会作证，说这是千真万确的事实。日常生活中的种种烦恼，看似五花八门，根源往往是个非常基本的问题，就是，你如何看待自己？如何看待别人？如何看待世界？最简单的东西常常是最难的东西。

爱自己的能力，加上爱生命和爱他人的能力，并且完全接受人是不能永远存活于世的这一事实，这就是幸福的基础。然而，地图并不等于就是领土。你意识到了幸福的重要，和你能把握它，还有漫长的距离。

一个自尊的人，一个自信的人，一个有安全感的人，他在人际交往中是自然的、开放的、坦诚的、透明的。一个自卑、狭隘、封闭、懒惰、妒忌、多疑的人，你能想象他可以和别人友好相处、谈笑风生吗？他可以欣赏到大自然的美丽，并为了让这个世界更美丽而贡献出毕生的心血吗？

答案基本是否定的。

我是谁？这是一个充满了思辨的永恒话题。中国有句古话，叫作“人贵有自知之明”，这个“贵”字，不单是宝贵，而且是稀少，物以稀为贵嘛！睫在眼前最难见，人短于自知。

这个游戏就是针对你是如何看待自己而设计的。本来可以事先画好表格，方便使用。但我更想用大脑和手指的协调动作，来完成这张表格。

书写不仅仅是腕掌劳动，更是一个沉思的旅程。

你亲手画表，也许会和新鲜发现不期而遇。

请拿出一张白纸，把纸纵向均匀地折叠成四部分，形成比“川”字还多一竖的折痕。在纸最左侧那一列，写下“身高”两个字。

你一定大惑不解，说我做的是心灵游戏，和身高有什么关系？

别着急，请把以下各项一一写出。

身高，体重，相貌，性别，性格，出身阶层，文化程度，人际关系，职业，配偶，家庭，收入，爱好，住宅面积，理想抱负……

你看着这一堆五花八门的栏目，很有点摸不着头脑。严格讲起来，这些栏目可能不那么合乎逻辑，也不够全面，请大家原谅。最后一条之后，留了一个删节号，就是给出你自己补充的空间。

左侧写满之后，请在白纸的上方从左至右写上：

真实的我	理想的我	别人眼中的我

好了，现在我们这张表的基本构架就出来了，剩下的事就是你按照刚才列出的条目填上答案。具体填法，有两种形式：

一种是竖填，也就是说，先一鼓作气地填出真实的自己的情况。比如你是一位男士，身高一米七二，体重六十五公斤，相貌中等，出身阶层是职员，文化程度是大专毕业……填完了第一竖栏，你的大致情况就勾勒出来了。

然后再填右边的那一栏，就是——“理想的我”，建议你也一气呵成。期冀自己怎样，就大大方方地写出来，不必担忧它是否可行。比如身高，你希望自己高大如NBA球星，不妨就写个一米九八，还觉不过瘾，填上两米二二也无妨。如果你期望窈窕如模特，也可以大胆设想身高一米七五，体重四十八公斤。至于相貌，可大笔一挥写上“刘德华”或“奥黛丽·赫本”。至于出身阶层，更可以写上“王室贵族”或是“亿万富翁”。总而言之，你曾怎样想过，就老老实实写出来。

不要嘲笑也不要批判自己，只要是真实的，就承认它有存在的合理性。

以下诸项，均照此办理，你的实际工作是个清洁工，但你期待自己有一天成为比尔·盖茨，可以，写上。你蜗居在大杂院，但你幻想住带泳池的花园别墅，没问题，写。你无权否定自己的想象。你的配偶貌不出众，但你期待娶世界小姐，也不必害羞。如果你的丈夫不过是小学教员，但你希望嫁给大学教授，也完全可以理解。

当你把这第二栏“理想的我”填完之后，就可以进入“别人眼中的我”这一部分了。这里的别人，指的是你在周围人群中的口碑。比如你知道自己内心经常忧郁而烦闷，但掩饰甚佳，周围的人都以为你快乐而开朗，请如实写下。这一栏，说简单也简单，因为像身高、体重这样的项目，别人眼中的你和实际的你，大概没有多少差别。但说复杂，也够难写的。不少人填到这一栏时，愁肠百结，一问，才知道，原来他并不知晓自己在他人眼中的印象。

还有一种是横填，可如下操作。以“收入”一项为例，先写上你的实际状况，比如“月薪两千元”，再移向右侧的那栏，即“理想的我”，你可以填上“月薪八千元”。至于“别人眼中的我”，也许因为你经常出手大方，仗义疏财，人家以为你的月薪起码五千元以上了。也许因为你要攒钱娶媳妇或做着轿车梦，省吃俭用，小气吝啬，别人还以为你收入只有一千块钱呢!

估计刚开始填的时候，很多人都心不在焉，觉得很容易，填完之后，纵横一看，惊骇叹息的大有人在。

第一个感受是诧异。原来，我们每个人对自己的评价和自己的理想之间，竟有那么大的差距。百分之九十五以上的人都嫌自己的个子不够高，太胖或太瘦，相貌不够俊秀，出身不是名门望族……

归根到底一句话——你已拥有的，你不喜欢。

世上有一些事情可以改变，也有一些事情不能选择。

如何看待我们的外表和家庭出身这部分“天赐”的内容，对心理健康有举足轻重的影响。

谁都希望自己国色天香，英武过人，天资聪颖，出类拔萃。谁都希望噙着银勺子出世，一帆风顺，坐享其成……可惜这不符合事物发展规律，是一厢情愿的白日梦。

对于不能改变的事物，捶胸顿足、怨天尤人也于事无补。要想保持心灵健康平和，重要的原则就是对那些我们所不能改变的事物安然接纳。这不是消极的宿命，而是积极的达观和智慧。当我们承认自己的不完美，也接纳自己的不完美，坦然面对自己的不完美时，我们也会对他人的多样性有了更多的包容和欣赏。千万不要小看了接纳自己外表不完美这件事，它是接纳万物的门票。

有一个女生，从上到下无可挑剔地完美，发如黑瀑，眼如秋水，肤如冰雪，气质高雅。但我统计谁为自己的相貌自卑的时候，她高高地举起了手。后来，私下我问她，能不能具体地告诉我，到底对自己的哪一部分相貌不满意？她悄悄说，我有一颗牙齿长得不好看。我说，哪一颗？我怎么看不见？她用手指拨开嘴唇，用更低的声音说，是左边上牙的第六颗。我哭笑不得说，要不是你告诉我，我就是在你对面凝望一百年，也不会看到这颗牙。她说，我知道一般人是看不到的，但我大笑的时候，会露出这颗牙。所以，我从小就不敢快乐地大笑。人家都以为是我孤傲，看不起人，哪知我心里的苦水。后来上了大学，我还是不敢笑，人家称我是“冰美人”，哪里是“冰”，骨子里还是因为这颗牙。后来找工作找爱人，都因为这颗牙，受到的影响太大了！

2003年12月24日，中国外长李肇星走进新华网《发展论坛》聊天室，在一百零五分钟的时间里，两万七千名网友共问了李外长两千个问题。其中有一位网友提问道：“如果别人说你的长相不敢恭维，你怎么想？”

李外长答复：“我的母亲不会同意这种看法。她是山东农村的一位普通妇女，曾给八路军做过鞋，她对我的长相感到自豪。我在美国俄亥俄大学演讲的时候，三千名学生曾经起立给我鼓掌达三分钟，如果我的工作使外国人觉得我的祖国是美好的，就是我的幸福和荣耀。当地的美国教授对我说，看起来，你看重的是自己的祖国，对自己看得很轻。这正如美国有句谚语，天使能够飞翔，是因为把自己看得很轻。”

对于李外长的长相，也有人赞赏有加。网友说：“虽然有人不恭维你的外表，但在我们女网友看来，你是特别有男人魅力的，在外交场合让我们看到了中国男人的阳刚之美。”

李外长回复：“你的话令我受宠若惊。在工作中我很少注意到自己的外表。”

出身阶层，也是一个敏感的话题。今天的价值体系在金钱冲击之下，发生了很多裂变。不要说出身工农，甚至传统的知识分子阶层，也成了被怜悯和嘲讽的对象。不可否认，今天很难找出哪个阶层是普遍受到人们的敬仰和爱戴的，于是，几乎所有的人都对自己的出身抱有某种程度的不满，希望能有更好的背景。

对于我们的自我评价，出身是一个非常重要的因素，关乎我们如何看待自己的根。

出身王族，也可能身败名裂。出身乞丐，也可以名垂千古。没有钱上学读书，只要努力，也不乏成为声名赫赫的大发明家。低贱和卑微，也能成为不懈努力的燃料，最后爆发出熊熊的火光。高贵和显赫，也能铺就懒惰和放荡的温床。

类似的例子，大家都耳熟能详，我就不详尽地列出了。

纽约曼哈顿区的泰来神父，经常到医院里为垂危的病人主持临终忏悔。当大限逼近的时候，一个黑人流浪歌手这样说：“我喜欢唱歌，音乐是我的生命。我的愿望是唱遍美国，作为一个黑人，我实现了自己的这个愿望，我愉快地度过了我的一生，用歌声养活了我的六个孩子。我的生命就要结束了，但我死而无憾。”

泰来神父很吃惊，他认识这位流浪艺人，知道他所有的家当，就是一把吉他。每到一处，就是把帽子放在地上，开始唱歌，听凭人们放下小钱。

泰来神父还想起他为一位大富翁所做过的临终忏悔。那位富翁说：“我喜欢赛车，我从小研究它们，改进它们，经营它们。一辈子都没有离开过它们。这种爱好与工作难分、闲暇与兴趣相结合的工作，让我非常满意。我还从中赚取了大量的钱，我没有什么要忏悔的。”

穷人和富人，居然有异曲同工的临终感言。他们对待生活和幸福的看法，也如此相似。那种看不起普通劳动者的思维，其实是“金钱至上”的侵袭所致。

当你填完这张表，把它拿到光亮处细细看看，“理想的我”和“真实的我”，不相符合之处多吗？数一数到底有多少条？看看这些条款之中，有哪些是可以改变的？有哪些是不可更改的？对那些经过努力可以更改的，你将如何努力？改变的代价你能否承担？对那些不可改变的，今后你能否真正坦然接纳？还要特别分析分析，“真实的我”和“别人眼中的我”，有多大差距？

一位优雅的女士在做这个游戏的时候，突然失声痛哭。她说，别人眼中的我和真实的我，实在是太不相同了！我问，到底是哪一条呢？

她回答说：是健康。

我大惑不解。健康这个东西比较外在，基本上一目了然，就算有些差池，也不致引起如此大的震动。

她说，我外表看起来一如常人，我也竭力维持着这个假象。其实三年前我得了癌症，可是谁都不知道。今天我是在公开场合第一次承认自己得了病，你不知道这有多难！我把癌症看成是一种过错，让我无地自容。今天，我说出来了，我心里轻松了许多。我从此不用佯装快乐，我有权得到大家的照料和安慰……

我当实习医生时，第一次看到精神病人，也就是我们俗称的“疯子”，惊骇不止。当精神病发作时，平常温文尔雅、仪表堂堂的人，变得如此癫狂和不可理喻。我在恐惧中琢磨，人变得这样不可思议，这病一定有个异常恐怖的名字。不料，病名听起来相当平淡，就叫——

精神分裂症，很有些举重若轻、意犹未尽的味道。老医生说，分裂是人间最凄惨的事件之一：

堤岸分裂了就是洪水，

旷野分裂了就是地震，

峰峦分裂了就是山崩，

国家分裂了就是战争，

民族分裂了就是苦难，

爱情分裂了就是离婚，

生死分裂了就是永诀

…………

如果你填写的诸项，差距甚大，谨防分裂。心理能量是很奇怪的系统，它又强大又脆弱，极富弹性，又不堪一击。当它单纯、和谐之时，犹如激光纯净的光束，会凝聚成极大的力量。如果它散乱分裂、交叉矛盾，就会软弱酥脆、不堪一击。身体和潜能就像高超的密探，时刻倾听着心灵的对话。如果心理能量分散，如同指挥官得了疟疾，冷热无常，变化多端，令我们的身体和精神不知所措。短时间内还可勉力支撑，时间一长，压抑和变形就会让精神濒临崩溃的边缘。

如果别人眼中的你，和实际生活中的你，反差太大，你可要好好找找原因了。某学校里，一位非常幽默爽朗的同学突然死了，死因不明。看情形像是自杀，但无论是老师还是同学，都说这样一位同学是绝不会自杀的，说不定是谋杀。事件惊动了公安局，经过一番周密的调查，找到了这个男生藏起来的日记，才知道他因为个矮体胖，经常遭到大家调侃，非常难过和自卑。为了少被嘲笑，他学会了自嘲，经常是同学们还没有提到他的胖，他就抢先发话，拿自己的缺点调侃开涮，大家都以为他很想得开，也乐得打趣，他就成了大伙的开心果。他在日记里写道：我之所以把自己的伤疤揭开，就是乞求大家不要再拿我逗乐了。我自己都把自己贬成了这样，你们就不要说了！但是，大家还是不放过我，把快乐建筑在我的痛苦之上。看来要最终摆脱这痛苦，我只有结束自己的生命了……

同学们知道了真情，唏嘘不止，说他平时给大家的印象完全不是这样的，要知道他对过火的玩笑那样反感，如果他能正面表达愤怒，大家一定会有所收敛的。他伪装的快乐骗过了大家的眼睛，结果是付出了自己的性命。

这可能是一个极端的例子，但在我们的生活中，我们违背自己的意志，只是为了一博别人的欢喜，这样的事情还少吗？为了他人的好印象，其实我们一直在委屈一个人，那就是我们自己。我喜欢一位美国诗人的诗句：“你不要不停地变化，来取悦于我。我爱你，是爱你的本色。”

自己是无法真正被委屈的。那些被压抑和扭曲的能量，会以另外的畸形方式爆发出来。比如写字楼里温文尔雅的小姐会忽然雷霆震怒，文质彬彬的先生突然成了暴力的主角……如果你经常扭曲自己，让真实的自我躲藏起来，企图用假象蒙蔽你周围的人，那么，你伪装得越像，你付出的代价就越多。也许有人会说，我看过这样的人，并不像你说得那样惨，好像是一定要疯掉或是歇斯底里，他们也平安走完了自己的一生。即使真有这样的人，我也为他们深深惋惜。因为他们用自己的生命，竭力扮演了一个别人眼中的角色。他不曾明明白白理直气壮地做过一回自己。陀思妥耶夫斯基有一句话很恰切，他说：“我爱过，我也受苦过，但尤其是，我能够很真实地说，我活过。”

我们常常说“真善美”。只要你用心想一想，就会发现有很精彩的道理在这三个字里面。是啊，世上的万物如果没有了一个“真”字，何谈“善美”！

无论多么残酷的现实，因为真实的品格，就让它具有了脚踏大地的资格。虚幻的我，无论多么奇幻美好，都是站不住脚的。

请不要用“理想的我”，来贬损“真实的我”。真实的我，也许不是十全十美，但却自有强大的魅力在其中。

让我们来看一封信。

亲爱的母亲，我抱歉来到了这个世界，不能带给你骄傲，只能带给你烦恼。但是，我却无力改善我自己，我真不知道怎么办才好！但是，母亲，我从混沌无知中来，在我未曾要求生命之前，我就这样糊里糊涂地存在了，今天这个“不够好”的“我”，是由先天后天的许多的因素，加上童年的点点滴滴堆积而成。我无法将这个“我”拆散，重新拼凑，变成一个完美的“我”。因而，我充满挫败感，充满对你的歉意，所以，让这个“不够好”的我，从此消失吧！

这封信里多次提到了“我”，几个不同的“我”。“不够好的我”，在无法变成母亲喜爱的“完美的我”之时，她吞下了整瓶的安眠药。

这是一个十六岁少女的绝笔。她后来的名字叫琼瑶。

琼瑶念书时数学不好，一次只考了20分，老师发出了“严加督导”的通知单，要求琼瑶带回家，让家长在上面盖章。琼瑶惶恐不安，回到家中，看到备受宠爱的小妹正在哭泣，原来是小妹的数学考了98分，没有得满分，心中懊恼，父母一左一右地正在劝慰她。熬到深夜，琼瑶拿出了自己的成绩单。母亲说，为什么你一点都不像你妹妹？！琼瑶冲出家门，决定死。她写下了上面的遗书。写完之后，琼瑶找到母亲的安眠药，把药全吃了下去，七天以后，才苏醒过来。

这个悲凉的例子，也许能说明，如果没有办法把“真实的我”“理想的我”和“别人眼中的我”，高度统一起来，悲剧的幕布就从此拉开了。很多分裂的人可以活着，却像一个坏掉的西瓜，外表光滑地绿着，瓜瓤在切开的一瞬间甚至比正常的西瓜还要鲜艳。只有当你凑近时，才能闻到腐坏的气味。

心理能力需要长久地修炼，所有的人生经历，都会有助于我们建立和谐统一、稳定淳厚的自我形象系统。那些负面的体验，就像砍下的蔷薇丛，如果你抓到的是刺，手会鲜血淋淋；如果你把花枝放入水中，在适当的护养之后，就会闻到芳香。

健康的自我形象，会导引我们走向自尊自信自爱的人生。那时你将发现，你的内心深处是多么的神奇和安全。我们就会多一些快乐、多一些勇敢、多一些聪慧、多一些轻装前进的勇气。你就会思索你的这个“真我”，和别的人比起来，最大的优势在哪里？真正的目标在哪里？你能不能把所有的资源都用到自己的优势上，朝向矢志不渝的目标奋进？！

如果你还是愿意轻松一点，填写一张现成的表格，请开始吧。

我是一个怎样的人？

	真实的我	理想的我	别人眼中的我
身高			
体重			
相貌			
性别			
性格			
出身阶层			
文化程度			
人际关系			
职业			
配偶			
家庭			
收入			
爱好			
住宅面积			
理想抱负			

你的支持系统

共同做了三个游戏，你现在心情如何？是不是好像浸了水的羽毛，既有中心部分的沉重，又有边缘部分的摩擦？随着时间的吹拂，还有羽毛渐渐蓬松后的温暖？

这个新游戏名叫“你的支持系统”。当然，这是从我这个角度来说，落在你的纸上的名称应该是“我的支持系统”。

也许有人会说，“你”和“我”，有很大的不同吗？是的，有很显著的不同。不信你留心一下，在现实生活中，很多人在说到自己的时候，不是说“我如何看……”“我怎样认为……”，而是说“你说这事……”“你看是不是这样……”，他们用“你”代替了“我”，也就部分取消了自己的立场和态度。当我们说到“你”的时候，无论关系多么紧密，那依然是另一个个体，说到“我”的时候，就不一样了。“我”是唯一的，是你所有生理和心理状态的整合。是你的思想、你的历史、你的理想和你的过去汇聚起来的复合物，无论你逃到天涯海角，你躲不开你的这个“我”的附着。

写好之后，也许你会说，“支持”好懂，但怎么成了系统？

支持必须是一个立体的系统，而不是简单的平面。

俗话说，“一个好汉三个帮，一个篱笆三个桩”，为什么不说是一个好汉一个帮，一个篱笆一个桩呢？独木不成林。好汉都要三个帮，我等就需要更多的帮助了，这就非要成系统。

游戏很简单，题目写好以后，就在下面1、2、3、4……依次写下标号，具体写多少随你，可以只写下三五个，也可以一口气写下十个，甚至更多。

完成之后，请设想，当你遇到灾难或是无以名状的忧郁、危机之际，你将和谁倾心交谈？你会向谁发出SOS呼救？你能得到谁的帮助？

人们每每惊叹斜拉桥的坚固和壮丽。它不像石拱桥那样古朴敦实，也不像钢架桥那样呆板简陋。斜拉桥优雅纤巧的绳索，如同飞天反弹的丝弦，飘逸清俊，似乎柔弱到随风飘荡，其实内蕴强大的力量，屹立雨雪中，抵御风暴，以团结和集体的力量，拉住阔大的桥面。

支持系统犹如斜拉桥的绳索，孤立来看，每一根都貌不惊人，一旦按照科学规律排列组合，就有了惊天动地的合力，保障着车水马龙的安全。

你的支持系统就是你的斜拉桥。写完后，请细细端详，归纳整理。先看看谁是患难之交，谁是酒肉朋友，再看看性别比例是不是均衡。

好的支持系统是岁月的馈赠，它包含着沧桑和真情。要知道，选择一条喜爱的人生路线比较容易，创造一个由知心朋友构成的称心的生活圈子却很困难。

如果你的支持系统，都是男性或都是女性，就有些问题。两性看问题的角度不同，这是特点也是缺点。好比一扇窗户，开在南墙和开在北墙，光线进入的时间不同，被照亮的部分和阴影的覆盖也会有所不同。有人会说，我的支持系统都是清一色的性别，这样比较单纯，我也习惯了。很可能你还没有学会和异性成为真正意义上的朋友，关系不是太近就是太远。

再看看有没有年龄上的跨度。好的支持系统，年龄恰像春雨，均匀地覆盖在青年、成年、老年各块土地上。人生阅历不同，各个年龄段的人，有着不同的经验和感悟。有人说，我就是喜欢和同龄人打交道。其实朋友的年龄就像食物的种类，杂食最佳。我看过一本谈营养的书，说是每天进食的品种，最少要达到十八种。乍一想，这还不简单，我不挑食，种类肯定够了。不想，扳着手指头认真一算，面粉、豆腐、青菜、虾皮、小米……怎么也不够十八种。最后我只得把炝锅用的花椒都算上了，才勉强凑够。人的支持系统也要丰富多彩才好。

年龄肯定不是朋友质量的唯一标准，你如果只交一个朋友，那么他的年龄就不是一个问题。现在谈的是一个系统，是一组人而不是一个人。年龄是宝贵的财富，也是桎梏的丝线。为了使你的支持系统更有效和坚实，跨度是必要的。

检查一下系统成分。你可能要说，人际关系也不是化学药品，干吗还要管什么成分？既然是系统，当然成分不能太单一。系统里是否都是你的亲人？如果是，先要恭喜你，你的亲人和你站在一起，与你保持着高度的信任和友谊，可喜可贺。提醒你，如果这个系统里的绝大多数成员都是你的至爱亲朋，那么也潜伏着非同小可的危险。日常所遭遇的危机，有很大一部分，是和我们的亲人有关。尤其是感情上的纠葛，更是牵一发而动全身。比如经济破产，你焦头烂额，他们也水深火热。特别是当爱情或婚姻走入沼泽，你的亲人很可能就是当事人，你不能“与虎谋皮”。总之，成分要多种多样，不要搞近亲繁殖，不要搞一言堂。

系统中要容纳能给我们提出不同意见的人，那些话虽然可能忠言逆耳，却对我们的心理建设大有裨益。

支持系统要有一定的绝缘性。你有事业上的朋友，也要有生活上的朋友、情感上的朋友……就像我们有不同厚度的衣物，阴晴冷暖，适时加减。朔风扑面，穿呢绒和皮草；烈日高悬，穿丝绸和棉T恤。东北菜有一道“乱炖”，土豆、辣椒、扁豆、茄子等各种蔬菜混在一起熬炖，是出名的地方风味，但在交友之道和维护你的支持系统方面，“乱炖”之法，却非良策。

让你的支持系统始终保持在良好的状态中，朋友间不要有太多的横向联系。这并非要离间你和朋友们的关系，而是从系统的最佳状态着眼。斜拉桥的每一根绳索都独立存在，而不是相互缠绕，以免一荣皆荣，一损皆损。有的人常常热衷于我的朋友就是你的朋友，普天之下皆为朋友。这种泛朋友论，即便不是酒肉朋友，也和没朋友差不多，关键时刻就无法成为你的钢索。

常听有人抱怨，如今真情罕见，平日里蜜里调油的朋友，危难时刻，踪迹皆无，叹息人心难测。这样的人，他们原本就不算是你的支持系统，不过是某些情形之下的邂逅与偶遇，可以一起吃饭，却不可一起赴难。高标准要求他们，就是不谙世事。

一位女性，原来有很多朋友，我也忝列其中。后来她结了婚，关系就渐淡渐远了。若干年后，她突然找到我，说自己离了婚，一个朋友也没有，真心话也不知和谁说，孤苦无依，忧郁极了。我赶紧放下手中诸事，和她在一家茶馆见面。她泪水涟涟，说特别想和当年的朋友们聚聚。我说这没什么难的，我来召集。她怯怯地说，这些年一点儿来往也没有，把大家都冷落了。离婚前，我们家总是高朋满座，一到节假日，我采买、做饭，忙得四脚朝天。离婚后，我打开电话本，一看傻了眼。平日所交，都是我前夫的朋友。我以为他的朋友就是我的朋友，现在才晓得，朋友是有阵营的。失去婚姻的同时，我也失却了所有的朋友。我疏忽了自己的朋友，如今落得孤家寡人。鼓足了勇气和你联系，谢谢你没有因为这些年的疏远而生我的气……

后来那位女性重新建立起了自己的支持体系，我也由此得了一条经验，支持系统是我们的隐私，是情感阁楼最隐蔽和强有力的支撑结构，万不可掉以轻心。

艰难和喜悦，都需要人来分享，这是一种心理诉求。你不可抗拒，只能因势利导。从本质上讲，人是孤独的动物，他人的温暖和帮助，是心理维生素。任何对支持系统的轻慢，即便不说是愚蠢，也是无知和疏漏。我曾听一位孤寂男士感慨万分地说，他最大的痛苦并不是在凄惶之时无人诉说，而是在快乐之际无人举杯同贺，锦衣夜行，好不寂寞！

如果你想有一方避风港湾，就要建立自己的支持系统。如果想在伤痕累累的时候，有一处疗伤的山谷，就要建立自己的支持系统。如果你不想虚度自己的人生，让快乐相乘，让哀伤除减，那么，建设你的支持系统吧！它不仅是我们心理依傍的钢索，也是我们存在的根据和依恋人生的重要理由。

也许有人会说，这是不是太功利了？我喜欢顺其自然的友谊，不喜欢刻意求工的设计。历史上当然不乏高山流水琴瑟和鸣的友谊，但那毕竟是可遇而不可求的佳话。作为普通人，要让自己的生活更丰富多彩，要让自己在突然的挫折和厄运面前，比较从容，比较镇定，流的血少一些，康复得快一些，没有上帝可以倚靠，只有靠自己未雨绸缪的建设。晴朗的日子，辛勤地采来花粉，酿成蜜糖，才能在没有花开的日子里，依然有香甜可以回味。

内无自主的人格支持，外无良好的沟通方式，这是很多现代人的生存困境。正因为我们平凡，才要有更多的精神储备，去迎接可能的变故。平日不烧香、临时抱佛脚的态度，才是实用和功利的，才是对自己灵魂的轻慢。

好的支持系统，人数不可太多，动辄数十人的庞大队伍，实在是我们的精力所照料不及的。有人会说，朋友嘛，当然是越多越好。多一个朋友多一条路。朋友和支持系统并不完全是一个概念，虽然它们在相当多的场合重叠。朋友的圈子更宽泛，只有那些最稳定最贴切的朋友，才能进入我们的支持系统。

这些年来，朋友这个词，用得滥了。朋友可能是因为利益关系而结成的伙伴，当利益淡去的时候，朋友也许会消失，但支持系统仍要存在。支持系统关怀的是你这个人，而不是单纯的利益。即使有一天，你的实用价值烟消云散了，系统也和你在一起。

支持系统需要不断地培育和濡养、补充和清洗、润滑和淘汰、养护和更新。在支持系统上，要舍得下功夫，一如你要经常健身。如果你把支持系统当成“永动机”，那就大错特错了。即便面对父母和儿女，如果你没有和他们持之以恒地交流互动，危机来临的时候，他们也很难在第一时间明白你的困苦和需求，给予恰如其分的支援。

面对你的支持系统的名单，想想看，你已经多长时间没有和他们促膝谈心了？你已经多长时间没有向他们细细通报你的想法和变化？你已经多长时间没有和他们一道喝茶和共进晚餐？你已经多长时间没有和他们一道凝望星空疾走原野？

有人会说，我被生计挤压得喘不过气来，哪有闲情逸致做这些事情？如果你真的忘记了自己的支持系统，那么也就不要责怪当你需要支持的时候，得到的却是无关痛痒的同情或是不着边际的指教。你在平坦的路上忘记系上安全带，急刹车时，难免碰得头破血流。

支持基本上是双向的。无条件地求助别人的心理支撑，就如同乞丐的讨要，并不总能如愿。从某种程度上来说，无偿索取是一种讨巧和冒险。

支持系统的名单太长，就要删繁就简。过密的种植需要间苗。心是有限的舞台，那里不可能摆放太多的座位。如果支持系统人员太少，就要酌情增加。古人虽言，人生得一知己足矣，但还是兵多将广为好。

曾远远瞄到一位朋友所列的支持系统名单，只有三个字。原以为是他的恋人或是父母名字，不想细细看来，那三个字竟是——“大自然”。看我愣着，他略有挑战地问道，怎么，不行吗？一定要是人吗？当我苦闷的时候，我只有沉浸到大自然当中，才能感到一种包容和理解。那种物我两忘的安宁，才能让我渐渐平静下来，重返花花世界。

我说，谁也没说支持系统必然得是人，但你的系统里没有人，是不是也显奇特？它是否表明，人是不可以信任的？只有在默默无言的山水和绿叶之中，你的心灵才能放松，受伤的刀口才能缓缓愈合？

他说，正是。我说，到大自然当中去，当然是获取心理能量的好方法之一，所以古代才多隐士和独行侠。这张名单太过单一和清冷，你执意坚持，当然也是自由。不过，如果你是一个热爱大自然的人，你可以看到自然是多么博大和慈爱啊。无论是大树还是小草，都在它的怀抱里得到哺育，它使万物茁壮成长，它不悲观，不放弃，不厚此薄彼，不居功自傲……

你选择怎样的支持系统，在某种程度上，也就表明了你是怎样的一个人，你选择了怎样一种生活方式。你很难设想，一个纸醉金迷的纨绔子弟，会有一个固若金汤、明智清醒的支持系统。你也很难设想一个运筹帷幄、举重若轻的先哲，会有一个鸡飞狗跳、朝三暮四的支持系统。

几年后，我又看到了那位挚爱大自然的朋友，他笑着告诉我，妻子和女儿都成了他的支持系统，还有他的同事。如今，除了在大自然里，就是在人群中，他也能得到启示和安宁。

我们的支持系统也会出现故障和断裂，也需更换和修补。天下没有不散的筵席，当有人离去的时候，你不要哀伤，也许他已不能担承你的臂膀。当你视某人为你的支持系统，他却辜负了你的信任，也不要怨天尤人。支持必定是双方的付出和给予，一厢情愿的依傍，往往得不到有力的辅佐。

他人成为你的支持系统，你也是他人的支持系统，这不是一笔谋求公平的买卖，而是人与人之间淳朴友谊的法则。当你的朋友向你哭诉的时候，你切不要把这看成是倾倒心理垃圾。在那些看似琐碎的诉说里，潜藏着珍贵的秘密。我们之所以成为一个个不同的个体，从某种意义上说，正源自这些不同的经历。作为普通人，我们没有多少执掌国家大事的机会，也很少气壮山河扭转乾坤的瞬间。无数的小事堆积成了一个个不同的日子，我们为之烦躁叹息的起因，有几次是因为远处的高山？绝大多数是因为鞋里微细的沙子。

在电脑核心部件每十八个月就升级一次的时代，那些同我们一起度过岁月的老友，是最宝贵的财富。美国前国务卿基辛格博士到天坛公园游览，我方自豪地向他介绍祈年殿、回音壁这些古老辉煌的建筑。基辛格说："天坛的建筑很美，我们可以学你们照样建一个，但这里美丽的古柏，我们就毫无办法得到了。"

真是名园易建，古木难求。老朋友也像古树，不可能在几年内长出来，却可以在几年之内死去。

森林需要漫长的时间来培育。如今科技发达了，听说能将老树搬家。树可以挪动了，友情却还是不可嫁接。

最好的支持系统，是当你哭泣的时候，他会默默地递上纸巾，在你没有停止流泪的时候，他不会问你缘故。如果你不说，他会尊重你。如果你说下去，他不会打断你。

最好的支持系统，是你们也许天各一方久不相见，一旦重逢，马上拾起上次分别时中断的话题，潺潺流水倾谈下去。这不是因为特别好的记忆，或是刻意的精心，只因为你在他心中独立成档，一看到你，杂事摒去，所有的储存都在瞬时复活。

最好的支持系统，是在你忘乎所以的时候，兜头泼下的一桶夹着冰碴的水，锥心刺骨的同时，猛一激灵就想起了自己的本分。

最好的支持系统，是在你万般愁苦的时候，陪你叹息，为你殚精竭虑思索出路的人。

最好的支持系统，是你在矛盾中，他不指责不批评，只是陪你一同走过沼泽。他相信你一定会理出头绪再下定夺，他的职责就是和你一道沥风沐雨。

最好的支持系统，是在你高兴的时候比你还要高兴，却不会吹捧和阿谀你的人。

最好的支持系统，是在你痛苦的时候比你还痛苦，却不会让你看到他眼泪的人，他怕那些眼泪会烫痛了你的手……

支持不是上山打狼、移山填海，靠质不靠量。成分太单一，应对不了大千世界。系统不可太陈旧，要有新鲜血液。支持系统不可像饴糖软绵绵，当如飒风荡涤寰宇，有澄清万物的气场深藏其中。

照料我们的支持系统，需要很多精力，不过它的回报，即使在最苛刻的经济学家那里，恐怕也觉物有所值。最后要提醒一点，你常常需要使用系统其中一部分的能量来修补另一部分的缺失。这不仅仅是策略，也是对系统的尊重。

为你的支持系统画一张新的蓝图。蓝图当然还不是现实，但有了图纸，就有了建设的希望。用一生的时间，编织你美丽的支持系统吧。在你积累物质财富的同时，也浇灌着你支持系统的田垄。在那些为了利益的觥筹交错之外，也有知心朋友间一盏香茗两杯咖啡的清谈。在你买下酒店公寓或独栋别墅的日子，也为自己的篱笆桩绑一缕苎麻。

系统无言。

再选你的父母

“再选你的父母”——第五个游戏的名称。很多人一看到这个名称，先是吓了一跳，马上大不以为然，甚至愤愤然了。这叫什么话？我的父母是天下最好的父母，让我再选一对新父母，这不是滑稽加大逆不道吗！这个游戏要是叫我的父母看到了，还不得指着鼻子骂我，恨不能把我扫地出门！要是父母之中有人驾鹤西去了，这题目更让人匪夷所思，简直违背天伦。

我国乃仁孝之邦，身体发肤受之父母，感恩戴德还表达不尽呢，哪里容得了再选父母？如果你看到这儿把本书丢弃，我只有叹息。这的确是一个“可怕”的想法。请原谅，我没有一点冒犯你的意思，也不是为了震撼视听，哗众取宠，实在是因为这个禁区不得不谈，它和我们的心理健康息息相关。

你要说啦，我父母都很好，凭什么让我再选一对父母？这就是咱们在做游戏之前首先要解开的思想疙瘩。问号不打开，游戏就成了缘木求鱼。

父母可不可以批评？大家理论上一定承认父母是可以批评的，即使是伟人，也有这样那样的错误和缺点，父母不是完人，当然也可以批评。可实际上，有多少人心平气和地批评过父母，并收到了良好的回馈，最终取得了让人满意的效果呢？我猜这个比例一定不高。有人也许回忆起和父母吵架，分庭抗礼，甚至离家出走的经历，那不是批评，而是叛逆。你可曾有像一个平辈那样拉开距离，客观地审视过自己父母的优劣长短、得失沉浮吗？大多数人的回答很可能是否定的。也许有人会说，那都是历史了，我们有什么理由在很多年后，甚至在父母都离世之后，还要议论他们的功过是非呢？

心理学家会很严肃地说，有。因为那些历史并没有消失，它们就存在于我们心灵最隐秘的地方，时时引导着我们的行为准则，操纵着我们的喜怒哀乐。

琼瑶写过一本《我的路》，其中讲了这样的故事。

琼瑶的小说处女作《窗外》发表后，大获好评，并搬上了银幕。父母在电影公映的第三天去看了电影。看完之后，母亲瞪着眼看着琼瑶。琼瑶回忆道：世上再没有那样的眼光，冷而锐利，是寒冰，也是利剑。

不知瞪了多久，母亲狂叫："为什么我会有你这样的女儿？你写了书骂父母不够，还要拍成电影来骂父母！你这么有本事，为什么不把我杀了？"琼瑶扑通跪下了，抓住母亲的旗袍下摆，泪如雨下。

连通情达理的父亲，也不能饶恕女儿。他的目光也是同样的冷峻，冷冷地盯着琼瑶说：“你永远会为这件事后悔的！”琼瑶的大脑一片空白，只知道跪在那里，颤抖着一遍遍忏悔：“我错了！我错了！我错了！”

母亲并没有饶恕琼瑶，她要用她的自虐来折磨和鞭挞琼瑶的良心，她要用自身肉体的痛苦把琼瑶推上审判席。她要重新取得胜利，让女儿俯首称臣。第二天，母亲开始绝食。大家轮流到母亲床边，端着食物求她，母亲就是滴水不进。第四天，琼瑶从一大早就双手捧着碗跪在母亲床边，哀求母亲吃点东西，但母亲理都不理，闭着眼睛不说话。到了第五天，琼瑶六岁的儿子小庆跪在外婆跟前，说：“外婆，你不要生妈妈的气了，我端牛奶给你喝！”

母亲依然不理，小庆又说：“外婆不吃东西，妈妈不吃东西，大家都不吃东西，小庆也不敢吃东西……”

琼瑶再也忍不住，走过去和小庆一起跪在那里，小妹也走过来跪下，大家一齐跪下了，那场面十分凄惨。母亲终于一边掉着眼泪，一边喝了小庆捧着的牛奶。

事件终于解决，琼瑶浑身发软，和平鑫涛一起到台中透透气。刚刚学会开车还没有拿到驾驶执照的琼瑶，发疯似的开车，平日要用三个多小时的路程，只用了两个小时。她打赌平鑫涛无法在剩下的两小时内完成后一半路程。平鑫涛把车开得飞快，结果出了车祸。琼瑶全身都是口子，腿上被削去了一块皮。小妹脾脏大出血，平鑫涛右脚骨折……

这个故事，让人心中十分沉重。我们常常回忆起父母的慈爱，其实，记忆永远美过现实。

父母是会伤人的，家庭是会伤人的。

当我们还是孩子的时候，无力分辨哪些是真正的教导，哪些只是父母自身的宣泄。我们如同最恭顺的小伙计，把父母的言语、表情和习惯、嗜好等等，流水账一般录在脑海的空白处。他们是我们的长辈，他们供给我们衣食住行，从某种程度上说，我们是凭借着他们的喜爱和给予，才得以延续自己幼小的生命。那时候，他们就是我们的天和地，我们根本就没有力量对他们分析、抗辩、反思。

你的父母塑造了你，你在不知不觉中套用着他们展示给你的模板，在未经清理和重塑之前，你在很大程度上是他们的复制品。你可能很不赞同这些话。不妨放下这本书，思忖一下你周围的人和事，就会发现它并非毫无道理。这个游戏虽然叫作“再选你的父母”，但实际上，和我们自身的关系要比和父母的关系密切得多。从某种意义上讲，是为再造一个你做些准备。

你的顾虑能否打消了一些？

游戏和你对父母的孝顺无关，也和你对父母的尊重无关。我几乎可以担保，你做完这个游戏后，对你的父母会有更深入的了解，你会更理解他们，更接纳他们。

你准备好参加这个游戏了吗？如果还是迟疑，不要勉强，翻过就是了。下一个游戏再见。

准备阶段用了比较长的时间，别着急。

这个游戏完成起来很简单，只要一张白纸。对环境的要求有个前提，请避开你的父母，起码要在他们的视线之外。尽量卸去负罪感和不好意思。

毕竟，我们要重新为自己选一对父母，这在常人眼里不合章法，甚至就是荒谬。请把情感干扰因素减到最小，让思绪和想象力自由驰骋。

在白纸的上方写下“再选 × × × 的父母”几个字，

×××就是你自己的名字。

“再选×××的父母”。你看着它一定不舒服，这是正常的。此刻之前，你从来没有想过可以把自己的父母“炒鱿鱼”，让他们“下岗”，自行“招聘”一对父母。你也不要感觉对不起他们，毕竟这只是一个游戏。游戏不仅是儿童的权利，也是成年人不可或缺的心灵舞蹈。

完成了上述步骤之后，请你郑重地写下你为自己再选的父母的名字。

父：

母：

猜你一定要狠狠地别扭一阵。虽然我们对自己的父母有过种种的不满，但真的把他们就地淘汰了，必有目瞪口呆之感。请坚持住，本游戏最艰难的地方就在这里。如果你开始设想谁是你的再选父母的最佳人选，祝贺！第一关你已经成功跨越。谁是再选父母的合适人选呢？很可能你陷入苦苦思索之中。不必煞费苦心，你的潜意识如同深海的美人鱼，一个鱼跃，跳出了海面，露出了它流线型的身躯和嘴边的胡须。原来，它并非美女，也不是猛兽。关于你的再选父母的名称，你把头脑中涌起的第一个人名写下就是了。

他们可以是你认识的任何一个熟人，也可以是传说中的神仙魔鬼；可以是英雄豪杰，也可以是邻居家的老媪；可以是已经逝去的皇亲国戚，也可以是依然健在的平头百姓；可以是绝色佳人，也可以是末路英雄；可以是动物植物，也可以是山岳湖泊；可以是日月星辰，也可以是布帛黍粟；可以是一代枭雄，也可以是梁山好汉；可以是江湖侠客，也可以是枯藤昏鸦；可以是仰慕的师长，也可以是同窗好友……总之，你就放开胆子，天上地下地为自己寻觅一对心仪的父母吧。

一时有些不知所措是吧？可挑选的范围实在是太广泛了。广泛到不可思议，是不是？因此也可以打消你的顾虑了，这并不是要对你的亲生父母有什么不敬，只是进行一次特殊的心灵探索。也许有的人会问，能认一对没有生命的东西，比如怪石或是原子来做父母吗？

你再选的父母是什么类型的物体（原谅我用了“物体”这个词，没有不敬之意，只是为了叙述方便），这不重要。重要的是你在这个游戏中，弥补缺憾，你在表达你长久以来压抑的情感，你在重新构筑你的世界。

有个农村来的大学生，父母皆是贫苦乡民。在这个游戏中，他令自己的母亲变成了玛丽莲·梦露，让自己的父亲变成了乾隆。这是一个非常典型的例子，我首先要感谢这位朋友的坦率和信任。这类的答案是太容易引起歧义和嘲笑了，虽然它可能确是一些人的真心向往。

我问他，玛丽莲·梦露这个女性，在你的字典中代表了什么？他回答说，她是我所知道的最美丽和最时髦的女人。我说，你是不是觉得自己的亲生母亲丑陋，不够时尚？他沉默了很久说，对。中国有句俗话叫作“儿不嫌母丑，狗不嫌家贫”，我嫌弃我的母亲丑，真是大逆不道的恶行。平常我从来不敢跟人表露，但她实在是太丑了，让我从小到大蒙受了很多羞辱。我心里始终讨厌她。从我开始知道美丑的概念，我就不容她和我一道上街，一前一后也不行。后来我到城里读高中，她到学校看我，被我呵斥走了。同学问起来，我就说这是一个丐婆，我曾经给过她钱，她看我好心，以为我好欺负，居然跟到这里来了……我说这些话的时候，一点也不脸红，反倒理直气壮。母亲丑，并把她的丑遗传给了我，让我承受世人的白眼，她对不起我。我父亲是一个乡间的小人物，会一点小手艺，能得到人们的一点小尊敬。我原来还是以他为自豪的，后来到了城里，上了大学，才知道山外有山，天外有天，才知道父亲是多么的微不足道。看同学们的父亲，不是经常在本地电视中露面的要人，就是腰缠万贯挥金如土的巨富，最次的也是个国企的老总，就算厂子不景气，照样有公车来接子女上下学。我想，如果把社会比作高楼大厦，我一定是在地下车库的位置。而这个位置是我父母强加给我的。这种深层的怒火潜伏在我心底，使我在自卑的同时非常敏感，我拼命努力奋斗，但是不能容忍任何形式和程度的不公平，我性格懦弱，但是在某种时候又像个“飞毛腿”导弹。我好像是两个人拼起来的……今天做这个游戏，可以大胆设想，不拘一格，我一下子就想到了梦露和乾隆，就随笔写了下来。

我说，谢谢你对我的信任。其实父母是不能改变的，我们从中发现的是自己的心态。我先问你一个问题，如果父亲的名字不是乾隆，换成唐太宗或是布莱尔，你以为如何?

他笑起来说，当然也可以。我说，你希望有一个总统或是皇上当父亲，这背后反映出来的东西，你能察觉吗?

他静静地想了很久很久，好像有一个世纪，说，我明白了那永远伴随着我的怒气从何而来。我仰慕地位和权势，我希图在众人视线的焦点上。我喜欢美貌和钱财，我看重身份，热爱名声，我希望背靠大树好乘凉……当这些无法满足的时候，我就怨天尤人，心态偏激，觉得从自己一出生就被打入了另册。因此我埋怨父母，可中国“孝”字当先，我又无法直抒胸臆，这些复杂的情绪交织在一起，让我不得轻松。工作中、生活中遇到的任何挫折，都会让我想起这种先天的差异，觉得自己无论怎样奋斗也无济于事……

我说，谢谢你的真诚告白。事情还有另一面的解释，你可想过?

他停顿了很久很久，最后说，我知道是什么了。我平凡贫困的父母，在艰难中养育了我。我长得不好看，可他们没有像我嫌弃他们那样嫌弃我，而是给了我无私的爱和力所能及的帮助。他们处于社会的底层，却竭尽全力供养我读书，让我进城上了大学，有了更开阔的眼界和更丰富的知识。他们明知我不以他们为荣，可从不计较我的冷淡，一如既往地爱我。他们以自己孱弱的肩膀托起了我的前程，不希求任何回报……我把梦露和乾隆组合成父母，跨越历史和国籍，攫取威权和美貌的叠加，是懦夫和逃兵，是自卑和忘本……

面对这种泣血的反思，我深深感动。那位年轻人若有所思地走了，从他挺直的背影中，我看到了新的力量。

我们究竟有没有权利对自己的父母不满？这是一个敏感的话题。多年以前，当我看到一本国外心理学家所写的书，叫作《家庭会伤人》时，蓦然一惊。只能说家庭是幸福的港湾，不能说家庭也暗藏杀机。只能渲染家庭给我们以温馨，不敢声讨家庭给我们以冰冷。我们期待从家庭汲取力量，不晓得家庭常常是吞噬能量的黑洞。我们以为在家庭中受到的心灵暴力是偶然遭遇，殊不知几乎俯拾皆是……

假如没有大规模的战争，伤亡于家庭的人，一定多于战场。在我们周围，有透明的鲜血汩汩流淌，有看不见的伤口白骨森森。毋庸讳言，这些鲜血和伤口的制造者，很多来自我们的父母。你可以从再选父母和亲生父母的比照当中，察觉内心蛰伏极深的期待。接受自己的这种愿望，并非罪过。如果你写下的名字是一位柔和的女性，那么也许父母给予你的精神压力需要清扫。如果你写下的名字是一位很有决断的英雄，也许你怨怼父亲的优柔寡断。如果你写下笑口常开的相声演员，也许你的父母太过严厉，幽默不够，你也继承了不苟言笑的秉性，潜意识中，你希望自己从再选的父母那里传染点调侃的细胞……

假设虽多，连真实世界的万分之一都无法达到。心理的玄妙，让任何假设、预期和解释都苍白失色。尝试着面对自己的心灵，破解它所发出的神秘而悄然的信号，是你我终生的功课。

父母和孩子的关系极为密切。海淀区法院少年法庭庭长尚秀云，亲手审判过几百名未成年犯罪者。她说：问题少年往往是问题父母的产物。每七个编造谎言犯诈骗罪的少年当中，有六个家庭的家长不诚实。每十四个偷盗的少年中，有十三个家庭的家长崇尚金钱，贪小便宜。每十五个持械斗殴犯故意伤害罪的少年当中，有十二个家长性格暴躁，爱与人争斗，动辄打骂孩子。

面对着自己的期望，有待整理的东西还很多。你可以从他们体态相貌的差异中，发觉自己的审美情趣。你可以从他们文化教养的程度，分析一下自己是否有门阀观念和等级思想。如果你选择父母时很在意他们的经济状况，那么你也能从中察觉自己对金钱的态度。如果你很在意父母的性情，是否你的童年受过精神打击？

生活是由关系组成的，佛教认为，世界就是由缘分组成的。“缘”就是关系。事物皆有关系，你和目的，你和食物，你和天气，你和交通工具……当然了，最主要的是你和周围人的关系，你和自己的关系。我们与周围人的主要关系，常常反映出我们和父母的关系。

如果我们不能在内心重新梳理和父母的关系，就无法创造出其他合乎理想的种种关系。

父母，是我们人生中第一任上级。你要服从他们，你要得到他们的奖赏，你要讨得他们的欢心，才觉得有价值和萌生自豪感。

试着想一想，你和上级的关系，是不是也在有意无意地重复着和你父母的关系？我认识一位在外企工作的白领，他努力向上，是个呱呱叫的业务骨干，马上就要成为大中华区域的负责人。但他找我来商量，说自己准备跳槽，到一个小公司去从头开始。我一头雾水，摸不清他到底要的是什么。如果是自己想做老板了，白手起家，从零打拼，也算顺理成章。但他很坚决地摇头说，到小公司还是做白领，替人打工。我说，那我就不明白了，你放弃了优厚的待遇和发展的机会，到底是为了什么？小伙子说，真正的原因是他很困惑——老板究竟还喜不喜欢他了？

我说，你不是告诉我老板刚给你加了薪，还要把更大的责任委托给你，这不都说明老板是喜欢你的吗？

谈话进行到这里，我突然沉思不语，察觉了症结的所在。成年人在形容和领导的关系之时，是很少用“喜欢”这个词的，只有小孩子才在意别人的喜爱。他为什么总纠结在领导是不是喜欢自己这个问题上呢？

经过一番深入的探讨，他告诉我说，这已经是第N次跳槽了，每次都是自感老板不喜欢了，就抽身而去。他也搞不懂这是怎样一个无法扭转的怪圈。他从小是在父亲的表扬和责骂之下长大的。这位父亲大概深得巴甫洛夫学派条件反射学说的真谛，赏罚分明，且立竿见影，好的坏的都挂在脸上，时效抓得很紧，表扬不过夜，批评也不过夜。小伙子在这种氛围下长大，工作之后，只要有一两天老板未曾表扬他，心中就惴惴不安。如若更长时间听不到鼓励的话语，情绪更是一落千丈，后来干脆变得疑神疑鬼，魂不守舍。表扬对于他，成为鸦片一样的毒药。只要有表扬，就眉飞色舞，意气风发，如果听不到表扬，就灰头土脸一蹶不振。

找到症结之后，小伙子豁然开朗。原来，在这个成年男子的心里，还栖息着一个小男孩的身影。儿时记忆盘踞心底，他把老板当成了父亲，把父子关系投射到了工作关系之上。听不到表扬，幼年形成的焦虑、恐惧就爬上了眉梢。为了避免被人遗弃的危险，干脆采取先下手为强的策略，提前离职。表面上看起来是炒了老板，其实是不自信的心理在作怪。疙瘩一解开，小伙子伸展双臂，说我从今天开始长大成人，我会以一个成年人的心态对待工作。

我们和父母的关系，具有难以形容的魔力，会在不知不觉当中，像晒化的沥青，渗透到所有的重要关系当中。

有一位满脸微笑的善良女子，嫁到公婆家。结婚之前，她下决心要成为一个好儿媳。既然公婆培育出的孩子，成了她亲爱的丈夫。她爱他们的儿子，愿对公婆孝字当先。婚后的生活，并不像她想象的那样温馨单纯。笑脸挡不住婆婆的数落和公公对完美的苛求，小媳妇的应对方式就是一味忍让。终有忍不住的那一天，笑脸变哭脸，小媳妇火山爆发，歇斯底里一通大发作，心里才算透出一缕光线。光线很快被自责的乌云挡住，她懊悔不已，笑得更妩媚了，加倍地干活，给公婆送贵重的礼物……新的一轮指责和苛求又开始了，新一轮的爆发也随之酝酿。丈夫如同夹心饼干中的奶油，被挤压得没了形状。小媳妇找到我，呼天抢地地说，她要改变这个模式，把自己救出来，也把丈夫救出来。

讨论许久，最后聚焦到了小媳妇和原生家庭父母的关系上面。小媳妇小时候是个乖乖女，爸爸妈妈的掌上明珠。小女孩要博得众人喜爱，只有嘴甜，天天面带笑容。小女孩知道自己的花裙子和小人书都是从笑脸上获得的，就笑得格外灿烂。小女孩也有烦心的事情，当她实在维持不住笑脸的时候，就会委屈地放声大哭，一顿宣泄之后，雨过天晴。小女孩渐渐长大成人，但这种周期性的发作，并没有从根本上改变。到了公公婆婆那里，在主观上，她把他们当成了父母，于是她应对父母的模式就全须全尾地出现了。

小媳妇问我，我能改变吗？

我说，这个答案可不在我手里。

她很紧张地问，那在谁手里呢？

我说，你这么聪明的一个人，就猜不到答案吗？如果丈夫还是这个丈夫，但公婆可以由着你选择，你要一对什么样的公婆呢？

小媳妇说，我理想的公婆应该善解人意，倘若让我再选，那么公公是许仙，婆婆是薛宝钗。

我说，你经常处在苦恼之中，因为别人不明白你心底的想法。你能不能直截了当地把心思说出来？小媳妇很为难地说，我不知道怎么说。我希望别人能猜透我的心，如果猜不透，我就隐忍着，依旧很乖顺的样子。如果他们还是猜不透，我就更乖顺地服从他们，给他们一个时间，期待他们能破解我的心事。当一切努力都告失败之后，我会勃然大怒，压抑的怒火倾泻而出，眨眼间成了一个泼妇。可这责任在我吗？

我说，如果你在怨恨刚刚积攒的时候就说出来，会怎样呢？

小媳妇怯怯地说，我不会这样。我太不习惯了。

我说，如果你想改变，就试试吧。许仙和薛宝钗不成夫妻，就是成了夫妻也不会做你的父母和公婆。只有靠你自己救自己了。

以后再没见到小媳妇，有时会惦记她。她能救出自己和丈夫吗？相信一定会的。如果你已为人父母，那么这个游戏，也促使你检讨一下自己做父母的资质。如今干什么都讲求资质，无论你是会计还是律师，哪怕是电梯工和驯狗师，也需要经过专业认定。奇怪的是，结婚后做父母，无须经过培训和考核，真是宽大无边，相信天下的男女都有自然而然成为父母的潜质。

如果你为自己列出了理想的父母，试着想一想，你是否是一个合格的父母？如果你的答案是肯定的，那么恭喜你的孩子，我们有理由相信他有一个美好的童年和一个自信的人生。

一位老人金刚一样岿然不动。我说，您想什么呢？他不悦地说，我的父母已经过世很多年了，为什么要让他们在黄土之下不得安宁！我不做你的游戏，不让你的想法得逞。

我说，老人家，这个游戏对您真正的父母并无冒犯，其实是在探索我们自己的内心世界。不要以为人老了就没有探查的必要，其实，越是年纪渐长，人们就越来越像自己的父母了。连吃饭的口味、行走的姿势、说话的语气，很可能都同长辈一模一样。这不仅仅是生物的遗传使然，更是有意无意的模仿和一种家族的密码所决定。您想认识您自己吗？您想让自己的一生过得更明白清晰吗？当我们逼近死亡的时候，探索自我的欲望也会变得更加迫切。美国迪士尼娱乐公司的创办人——华特·迪士尼说：

如果不继续成长，就会走向死亡。

说这话的时候，他早已不年轻。

沉吟半晌，老人开始做这个游戏。做完之后，他一脸凝重地告诉我说，他想起了自己的父亲。其实老人从来没有见过自己的父亲，他是遗腹子。正因为这种身份，他听懂的第一句话就是——你要争气，你要对得起父亲。当他偶尔微笑的时候，凡是看到他笑容的人都会说，你看你看，这孩子的笑和他爸爸是一模一样的啊！从此，他觉得自己不能有其他的笑法，连嘴唇扯动的幅度都要和那个他从未见过的父亲相仿。如果他吃饭的时候，对某个菜多夹了一筷子，妈妈就会说，天！他怎么和那死人一个口味？血脉这东西，真是管天管地啊！从此，为了不伤妈妈的心，他哪怕是不爱吃那菜了，也要装出甘之如饴的模样。

老人说，他一辈子都笼罩在这个从未见过面的父亲的阴影之下，觉得他在天上瞪着一双炯炯有神的眼睛，俯瞰着他。如果说别的孩子还能有片刻躲过自己的父母，获得一点小小的自由的话，他却连一分钟的自在也不曾有。父亲已经死了，死了的人住在天上，有了类乎神仙的功力，遗腹子没有一天轻松地做过自己。

老人说他理想的父亲就是“空白”。他已经在父亲的阴影下过了一生，现在他需要解放和自由。这个故事会不会对年老的朋友有些许启发？父母是我们人生的第一任教员，重新设计他们的形象，也是对自己人生的回顾和展望，什么时候开始都不算晚。如果你写下的再选父母的名字，就是你的亲生父母，那么，祝贺你，羡慕你。这样的概率不是很多，你有一份罕见的幸福。但愿在我们这个游戏做完之后，你赶回家，如果父母还健在，请拥抱他们并深深地表达谢意。如果他们已经远行，请面对着浩瀚星空，遥望他们的英灵，微笑并且致敬。父母是不可以再选的，但可以在我们的心中重新认识并复活。

写下你的墓志铭

看了这个游戏的名称，很多人会倒吸一口冷气。有人会说，玩什么不好，偏偏要来一个煞风景的阴森游戏！

看大家对这个游戏如此反感，咱们先玩一个别的游戏，算作热身，或者说，游戏分成上下两部分。

上部分游戏的名称是——飞机就要失事。

看来大家要送我一个外号叫作“乌鸦嘴”了，为什么不说点吉利的，偏要让大家骇出一身冷汗？好吧，就算这是一个“恐怖”游戏，也有存在的意义。世界上有很多恐怖事件，不管你喜欢不喜欢，它就发生在各位周围。中国有句古话，叫作“凡事预则立，不预则废”。“预”是什么意思？就是预料、预计，提前做个准备。

墓志铭是人死后墓碑上刻下的字句。飞机就要失事，也是生死攸关的时刻。这两个游戏的核心，都是考察当生命受到威胁，死亡即将到来，你会做怎样的准备？

不是多虑。现代社会人的寿命虽然比以前大幅度地提高了，现代科技和医学也高度发展，可你依旧没办法准确地预知自己的死期。在这一点上，现代人一点也不比古代人多多少幸运。人总是要死的，这是一个常识。凡是常识都要接受，如果你不接受，规律就会强迫你接受。到那时，你愤怒、委屈、不甘心，都于事无补。如果你鸵鸟埋头，假装这一切都不会发生，死亡就成了你仓皇之时的不速之客，吃亏的是你和你的亲人。

人们不喜欢讨论死亡，认为它是不祥和丑恶的。我曾问过各个年龄段的朋友们：一提到死亡，你会联想到哪些词语？

几乎所有的人想到的都是负面词语——阴暗、黑色、寒冷、腐烂、肮脏、丑陋、恐怖、惊吓、分离、哭泣、伤痛、绝望……

是不是瞅一眼这些词，身心就涌起了强烈的不舒服感？如果我们看到一个新生婴儿呢？大家就会联想到：光明、发展、蓬勃、希望、金色、温暖、期待、快乐、幸福、灿烂……心境和感受完全不同。既然生死都是人生不可或缺的一部分，为什么我们不能像接受生之顺畅那样，平静地接受死之坠落？现代医学已经能够妥帖地减轻临终的痛苦，让死亡变得渐弱渐息，生理的痛苦可以用技术化解，心理的痛苦就更加凸显。

有人会说，我现在年纪还轻，死亡是很久很久以后的事情，等我岁数大了再做思考也还来得及。我甚至听一位朋友在过完了六十岁生日之后，听到人们谈论死亡，还一脸茫然地说，我从来没有想过这件事，它还遥不可及，以后再说吧。我暗惊，人都满了花甲，还说死亡遥远，这乐观可能要把他带到猝不及防的地步。更有人想，我身体很健康，当我身体不好时，再思考也不晚嘛！

这些貌似有理的话背后，潜藏着胆怯和无知。死亡基本上是不会提前把请柬放到你的桌面上并准时赴约的。天有不测风云，人有旦夕祸福。你无法预计死亡拜访你的时间，但你可以提前预备好款待他的茶点。

看过一则小故事：有位老人得了癌症，当医生告诉他这个消息时，他很平静地面带笑容地说，我很感谢上帝让我得了癌症。医生非常吃惊，说，你得了癌症，不怨天尤人、惊惶失措，已很难得，为什么还要说感谢的话呢？老人说，到了我这个年纪，死亡就是我的邻居了，随时都可能来敲我的门。如果我得了脑出血或是心肌梗死，我很可能一句话也来不及说就死了，那样我的亲人接受起来该多么困难。而且我还有很多要交代的事也都没了着落。现在，我得了癌症，我有很充足的时间能和亲人告别，能把诸事整理得清清爽爽。当死亡一定要来的时候，还有什么比这种方式更令人安心呢？这就是上帝所给予我的最好的礼物了。

钦佩这位老人——不是每个人都能有这种从容赴死的勇气和福气。再一想，事在人为。我们可以创造出一个局面，让死亡变得可以接受，让自己较少遗憾，让生命更多一点掌握在手中的安然——这就是提前做好应对死亡的心理准备。

思考死亡，是为了有备无患，更为了胸有成竹地生活。只有真正生活过的人，才能坦然平静地走向永恒的死亡。

回到游戏中来。请想象自己坐在一架客机上，宽敞平稳，飞机在万米的高空翱翔。突然，机身发抖，像个咯血的肺结核病人一样连续抖动，颠簸如此厉害，空姐要求大家把安全带系好。广播里传来机长的声音。他通知大家说飞机发生了严重的机械故障，正在紧急排除。但为了预防最危急的情况，现在将由乘务小姐分发纸笔，你有什么最后的遗言要向家人交代，请留在纸上。一切要尽快，乘务小姐会在三分钟后收取大家的纸条，然后统一密闭在特制的匣子里，这样即便飞机坠毁，遗言也可完整保存下来。按照飞机现在的飞行高度，在完全失去动力的情况下，还可以滑翔极短暂的时间……

乘务员小姐托着盘子走过来，惨白的面颊上，职业性的微笑已被僵硬的抽搐所代替。盘子里盛的不是饮料，不是纪念品，也不是航空里程登记表，而是纸和笔。人们无声地领取这特殊的用品，有抽泣声低低传来。

你领到了半张纸和一支短笔。现在，面对着这张纸，你将写下什么？

这就是我们的游戏。在生命遭遇突发危险，就要猝然截断的时候，一生浓缩成一部几十秒的光盘，在你的脑屏幕上急速放映。亲人像走马灯似的在你面前闪过，你对这个世界还有什么话说？

先请大家看一个例子。

1985年，一架日航班机失事坠毁，机上乘客全部罹难。飞机上，有一位五十二岁的河口博次先生，匆匆写下了自己的遗言：

再也不搭乘飞机了！神啊！请救我！

没想到昨天和大家共进的那顿饭是最后一餐了。

机内冒出类似爆炸后的浓烟，机身开始向下坠。往哪里去？会怎么样？妈妈（日本人习惯以此昵称妻子），发生这种事令人遗憾。再见了，孩子们的事就拜托您了！现在六点半，飞机正快速旋转下坠。

到今天为止，我的人生真的很幸福！由衷感谢！

很多做母亲的人会留下对孩子的嘱托，在这种时候，她们才发现以前和孩子相处的时间太少太少。很多陀螺一样旋转的旅行者才感到光忙着赶路了，忘了欣赏周围的风景。很多人想对这个世界说“我爱你们”，却不知谁能收到他的呼唤。很多人希望自己能在最后关头保持镇静，手却不停地发抖，以至于根本就留不下完整的字迹……一个曾有数年撕扯不断的婚外情的男人说，在这种时候，关键还不是说什么话，而是把话留给谁？

这个游戏很残酷，但残酷有时如同肥沃的土地，能长出震慑心魄的花朵。我相信在这种时刻，几乎没有人会叮咛自己的后代复仇，没有人会留下自己懊恼的遗憾，没有人会咬牙切齿地诅咒……留下的只能是眷恋的深情和对未竟事宜的嘱托，还有绵绵不尽的祝福。

请原谅我把你逼到了这样一种绝境当中。也许只有在绝境中，人性中最基本最朴素的光芒才会突破种种物质的阻力，迸出单纯而夺目的光芒。

感谢我的父母和我今生所经历过的一切。

亲人们、朋友们，我爱你们。

在巴伦支海沉没的俄罗斯核潜艇的水兵遗言中，留下了类似的话。在生死面前，往日琐碎的恩怨越飘越远，直至消散。突然而至的死亡像一管巨大的消字灵，把一些当初以为非常重要的字迹，覆盖成一片灰白。

我不知你将写下怎样的遗言，我也不知道你将把这宝贵的遗言转交给谁。但我相信它会触动你内心最深的角落，在那里引起波澜。

好了，热身游戏到此结束，言归正传——写下你的墓志铭。这是一个雅词，更直截了当的说法是，盖棺论定。

墓志铭这种东西，有两种写法：一是别人写，一是自己写。

趁自己还活着的时候，像孙悟空一个跟头翻到云中，从更辽阔的时空中来评价综述自己的一生。你是一个什么样的人，你有着怎样的爱好？你经历当中最令人感怀和难忘的事件是什么？它可曾给予你自豪和成就？你的情感生活是否美满？你还有什么要对这个世界倾诉？你可有悔恨和遗憾要交代给大家？你爱谁？你恨谁？你还有哪些未竟的愿望？你还想唱什么歌？你还想看什么景……哎呀，可写的真不少。

中国有句古话，叫作“人之将死，其言也善”，说的是人到了死亡就要降临的那一刻，所讲的话很真实很善良，本性复苏，逼近了人性的光明。从医初始，我对这话半信半疑，心想，人都要死了，各器官都已衰竭，连平常脑力都达不到，还能说出更富哲理的话？当我亲眼看到死亡降临的时候，不得不折服古人的睿智。那真是奇妙时刻，暴躁的人可能变得平静温柔，狭隘的人可能变得大气宽容，吝啬的人可能变得慷慨博爱……那种慈祥和温馨的气息，好像一种奇怪的香氛，弥漫在这些濒死的人周围，像绒毯一样裹住身心，令人忘却了死亡的沉重和冰冷，也让死者被宁馨的光环笼罩。惊讶之余，我生出深深的感慨，人为什么要死到临头，才如此珍惜美好时光，为什么不能早些开始这种真正的生活？

并不是每个死去的人都有这种福气，让生命画上一个圆满的句号。我亲眼看到很多人依然在困惑孤独和愤怒中死去。

墓志铭是死亡之书的书签。为了调剂咱们略显压抑的气氛，先来看几篇幽默的墓志铭。

在英国德比郡的一处墓园中，有这样一篇铭文：

这儿躺着钟表匠汤姆斯的躯壳，他将回到造物者手中，彻底清洗修复后，上好发条，行走在另一个世界。

教会执事为妻子刻了这样的碑文：

莎拉休特，1803—1840，世人请记取教训，她死于喋喋不休和过多的忧虑。

有对夫妻为出生三周便夭折的孩子写道：

墓碑下是我们的小宝贝，他既不哭也不闹，只活了二十一天，花掉我们四十块钱。他来到这世上，四处看了看，不太满意，就回去了。

大文豪萧伯纳的墓志铭：

我早就知道无论我活多久，这种事情还是一定会发生。

大作家海明威的墓志铭：

恕我不起来了！

死者生前为自己撰写的也很有趣。在英国约克郡地区，一位牙医的墓碑上写着：

我一辈子都花在为人填补蛀牙上头，现在这个墓穴得由我自己填进去啦。

著名科学家阿尔弗雷德·诺贝尔生前曾写下一篇短小精悍的自传：

阿·诺贝尔呱呱坠地之时，小生命差点断送在仁慈的医生手中。主要美德：保持指甲干净，从不累及他人。

主要过失：终身不娶，脾气不佳，消化不良。唯一愿望：不要让人活埋。最大罪恶：不敬鬼神。重要事迹：无。

现代著名作家老舍在1939年四十岁时，写下了一篇质朴自谦、旁敲侧击、妙趣横生、令人拍案叫绝的自传。这篇自传只有二百余字，全文如下：

舒舍予，字老舍，现年四十岁，面黄无须，生于北平。三岁失怙，可谓无父，志学之年，帝王不存，可谓无君。无父无君，特别孝爱老母。布尔乔亚之仁未能一扫空也。幼读三百篇，不求甚解。继学师范，遂奠教书匠之基。及壮，糊口四方，教书为业，甚难发财。每购奖券，以得末彩为荣，亦甘于寒贱也。二十七岁发愤著书，科学、哲学无所懂，故写小说，博大家一笑，没什么了不得。三十四岁结婚，今已有一男一女，均狡猾可喜。闲时喜养花，不得其法，每每有叶无花，亦不忍弃。书无所不读，全无所获并不着急。教书做事均甚认真，往往吃亏，亦不后悔。如此而已，再活四十年，也许能有点出息。

严格说起来，上述最后两则是自传，而不是墓志铭，但均有人生小结之意。

16世纪德国数学家鲁道夫花了毕生的精力，把圆周率计算到小数点后35位，是当时世界上最精确的圆周率数值。在他的墓碑上就刻着：

$$\pi = 3.14159265358979323846264338327950288$$

“37，22，35”是美国影星玛丽莲·梦露的墓志铭，虽然简单，但却给影迷留下了一个谜。最终这个谜由梦露研究会揭开，这三个数字是梦露的胸围、腰围和臀围的英寸数，表明死者生前爱美的心愿。

古希腊著名数学家阿基米德的墓碑上刻着球内切于圆柱的图形，以纪念他发现球的体积和表面积均为其外切圆柱体积和表面的三分之二这条著名的几何学原理。德国数学家高斯因其发现了正十七边形的尺规作法，他的墓碑上刻上了一个正十七边形。法国生物学家巴斯德的墓碑上刻着许多小鸡、小羊和小狗。物理学家玻尔兹曼生前发现了热力学第二定律的统计解释，他的墓碑上只写着他发现的公式。

法国作家司汤达的墓志铭比较精练：

米兰人亨利·贝尔安眠于此。他曾经生存、写作、恋爱。

古希腊大数学家刁藩都的墓志铭：

过路人，这里埋葬着刁藩都的骨灰，下面的数字可以告诉你，他的一生有多长。他生命的六分之一是愉快的童年。在他生命的十二分之一，他的面颊上长了细细的胡须。如此，又过了一生的七分之一，他结了婚。婚后五年，他获得了第一个孩子，感到很幸福。可是命运给这个孩子在世界上的光辉灿烂的生命，只有他父亲的一半。自从儿子死后，他在深切的悲痛中活了四年，也结束了尘世的生涯。

关于墓志铭，还有一些小故事。狄更斯临终前，英国人民要求把他一生的功绩刻在墓碑上，而他却说：

我要求我的墓碑上只写查尔斯·狄更斯，除此之外，不要再写什么。

曾经“捕捉”天上雷电的美国科学家富兰克林的墓碑上刻的是：“印刷工富兰克林”。因为他至死不忘并引以为自豪的，正是他青少年时代担任过印刷工。

俄国19世纪大诗人普希金的墓志铭，是他十六岁时为自己写的《我的墓志铭》诗：

这儿安葬着普希金和他年轻的缪斯，还有爱情和懒惰，共同度过愉快的一生；他没做过什么好事，可就心情来说，却实实在在是个好人。

俄国大作家赫尔岑的墓志铭极富特色，总结坎坷命运与非凡成就，唤起人们去拼搏人生：

他的母亲路易莎·哈格和他的幼子柯立亚，乘船遇难淹死在海里；他的夫人娜塔利雅患结核症逝世；他的十七岁女儿丽莎自杀死去，他的一对三岁的双生儿子患白喉死亡。而他就只活了五十八岁！但是苦难不能把一个人白白毁掉。他留下三十卷文集，留下许多至今像火一样燃烧的文章，它们今天还鼓舞着人们前进。

以上多是外国名人的墓志铭，现在来看看中国的诗人。南朝宋文帝元嘉四年丁卯九月，也就是公元427年，陶渊明在自己逝世前的绝笔《自祭文》中写道：

天寒夜长，风气萧索，鸿雁于征，草木黄落，陶子将辞逆旅之馆，永归于本宅……识运知命，畴能罔眷。余今斯化，可以无恨……匪贵前誉，孰重后歌。人生实难，死如之何。呜呼哀哉！

陶老先生时年六十三岁，在秋风瑟瑟大限将至的时候，把人生看成了寄居的旅店，说自己就要回老家了，堪称达观和安然。他回顾了自己的一生，总结自己可以无憾而逝，也算心安了。他再次重申自己不看重生前的称誉，当然更不在乎身后的咏歌。老人家最后发出一个大感慨，说人既然活得这样艰难，死又能怎么样呢？有一点“我都不怕活着，难道还要怕死吗？”的略带凄凉的豪气了。

也许有人会说，你怎么总举远处的例子，举个现代的例子，最好是生前就写好了，行吗？好。

北京师范大学前校长陈垣的高足，北师大教授、著名书法家启功先生，早在1978年他虚岁六十六之时，就为自己预撰了自传式的墓志铭。原文是：

中学生，副教授。博不精，专不透。名虽扬，实不够。高不成，低不就。瘫趋左，派曾右。面微圆，皮欠厚。妻已亡，并无后。丧犹新，病照旧。六十六，非不寿。八宝山，渐相凑。计平生，谥曰陋。身与名，一齐臭！

这则墓志铭，既有生平，也有评价，文字诙谐，反映了启功先生开朗、豁达、乐观的性格。

大卫·奥格威是一个富于创新的商界巨子，是世界十大广告公司之一的奥美广告的创办者。他曾经没有钱，没有学历，但他拥有过人的才智、天分和创造力。他成为广告人最完美的典范。从劳斯莱斯汽车到美林证券，从IBM到英国、法国、美国政府，都在他的客户名单上。奥格威年幼时在英格兰饱受贫困之苦，青年时代在巴黎当过厨师，在苏格兰向修女卖过炉子，如今攀登到了广告世界的顶峰。奥格威说，他对天堂的想法和济慈一样，“给我书本、水果和法国酒，以及好天气”。

在赫瑞斯提前为他撰写的墓志铭里，这样写道：

这是个快乐的人，而且是个独乐的人。这个人可以说今天是他自己的，内心无忧无虑的人，能够说：让他们明天倒霉去吧，反正我活过了今天。

再讲一个普通人的例子。在俄罗斯，有一位年轻的汉学家叫彼德罗夫。他研究鲁迅、瞿秋白、巴金、老舍、郁达夫……他一直是个讲师，连副教授也没有做到。逝去之后，在自己的墓碑上只留下了一个大大的汉字：

梦

罗列了这么多墓志铭，也许有人要讥我“掉书袋”了。

一是我真心喜欢这些墓志铭，二来觉得这个游戏挑战性较大，多几个摹本，可能会有帮助。就此打住。虽然我们在各方面都和这些伟人们有很大差距，但有一方面这些伟人们不如我们，那就是他们没有玩过这个游戏，他们已经沉入地下，来不及补充和改变了，而你我还活着。他们犹如盐粒，静静地融化于历史之水，而我们还是活泼的小鱼，一切都还有改变的时间和机遇，还可以修改我们的墓志铭。

写下你的墓志铭，在某种意义上讲，你就总结了一生。你不可能伪造一个声名显赫的人居住在你的墓志铭下，那是别人而不是你。你也不可能把一大堆不属于你的功绩记在你的名下，因为那也不是你。你到底是怎样一个人，墓志铭只有如实写来。这个游戏的好处就是，你还有足够的时间来重新拟定你的墓志铭。如果你对自己的平庸不满意，你还有时间重振雄风；如果你对自己的浅薄不满意，你还有时间走向深沉；如果你对自己的专业不满意，你还可以选择职业；如果你对自己的性格不满意，你还来得及重塑形象。

这个游戏，可以有两个版本。一是如上所说，就你目前的状况，为自己草拟一份墓志铭，就像一场提前到来的死亡，你要面对的是自己的前半生。当这个版本完成之后，你还可以为自己草拟一份将来的墓志铭。那是你替自己设计的一份礼物，那是你对远方的翘望和期许。

可否找一个文件夹，留下你在“飞机失事时”的片段遗言，留下你为现在的自己写下的墓志铭，留下你为将来的自己写下的墓志铭。过几年，再翻出来看一看。心灵游戏在不同时间段里，会有不同的结果。这不是游戏不准或是伪科学什么的，只说明你在飞速变化当中。

变化是不能简单地以好还是不好来评价，有沧桑有浮沉，有成长也有蜕变。如果你有心，会从这里看到自己在命运之海中游泳的一招一式，会对自己粲然一笑或是长思不语。在这些泛黄的纸片中，你会看到自己不变的追求和变化的岁月。

生命乃通向死亡的单行道。假如能视死如旅，临死之前，能肯定自己的人生在某种意义上有价值的人，大多可以平静地死亡。

长的是人生，短的是年轻，所有面向死亡的修行，都是为了更好地活着。

如果实在写不出，也可以让它暂时空白……

生命线

现在，我们要进入的一个游戏是——“生命线”。你可能要说，生命线是个什么东西啊，和铁路线、航线有什么不同？生命线是你我都有的东西，人手一份，不多不少。人间有多少条性命，就有多少条生命线。生命线就是每人生命走过的路线。

这个游戏就是画出你人生的路线图。

地图很重要，对热爱军事和旅游的朋友来说，感受一定更深切。偶尔翻到一本关于家庭装饰的书，谈到厨房，才晓得最好的橱柜，不仅要看有多少实用拉篮和舒适手柄，也不仅要看箱板的环保和台面的材质，更要符合主妇在厨房中走动的路线，品相才是最佳。不由得感叹，连厨房收纳锅碗瓢勺的橱柜，都和行走的路线有关，何况你我的人生！

好，开始。请备好一张洁白的纸。

你可能要说，已经用了六张白纸，为什么每个游戏都离不开白纸？一个好问题。游戏是面对内心的开掘，如果和朋友们一道做，可讨论的材料就多些。我们选择了独处。在更深人静的夜晚，单独碰撞内心的底层，白纸是我们的好伴侣。你心我心原本白纸，形形色色的人在上面涂抹过痕迹，纸变得斑驳杂芜。经过我们的涂擦清理，心又渐渐归于简明和洁净。柔软的风轻轻拂过，挟着我们不愿保留的印记，渐淡渐远，留下的线条俊朗清明。我们知道那些线索是从哪里来，我们也知道它们要到哪里去。我们珍爱它们，承认它们已是生命的底色。我们还要用自己的手和笔，将白纸描绘得更为瑰丽。

还请备一支红蓝铅笔。彩笔也行，需一支较鲜艳，一支较暗淡。要用颜色区分心情。先把白纸摆好，横放最好。

如果你一定要把纸竖起来，当然也没问题。不过，一会儿用起来不方便的时候，可别怪我事先没告诉你啊。在纸的中部，从左至右画一道长长的横线。

多长呢？随意，长短皆可。就我个人爱好来说，长比短好。你可按照自己的喜好决定。

步骤完成之后，纸上的情况是这样的：

然后给这条线加上一个箭头，让它成为一条有方向的线。

然后，请你在线条的左侧，写上“0”这个数字，在线条右方，箭头旁边，写上你为自己预计的寿数。可以写68，也可以写100。

此刻，请你在这条标线的最上方，写上你的名字，再写上“生命线”三个字。游戏的准备工作就基本完成了。

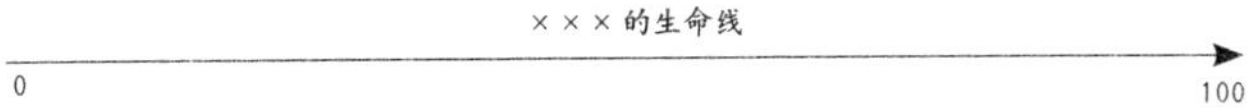

一张洁白的纸，写有“×××的生命线”的字样，其下有一条有方向的线条，代表了你的生命的长度。它有起点，也有终点，你为它规定了具体的时限。

请一寸一寸地抚摸这条线。它就是你脚步的蓝图。无论你走到哪里，都走不出它的坐标系。也许有人说，我不爱计划自己的人生。

我讲几个观点不同的小故事。

一个是国外某著名学府在硕士生毕业的典礼上，让大家填写自己的人生理想，其中只有百分之三的人有明确的志向，其余的人，有的朦朦胧胧，有的干脆就没有自己的人生规划。若干年过去了，学校把学生们的发展情况做了一番调查，发现有目标的人比没有目标的人，取得的成就要辉煌很多。这所学府的名字叫作哈佛。

另有一位很知名的房地产人士去了趟日本，看到日本人把每天行程安排得井井有条，一分钟都不差，一排就排到了几个月甚至半年一年以后。他把自己的日程也这样安排起来，过了一段时间之后，他发现不排计划的一周过得很慢，排好计划的一周过得很快，因为周一就知道这一周该怎么过，这是在缩短生命。起码在感觉上是觉得在缩短生命。更让人感到不舒服的是，你想见的人，因为未入计划不能见。等到可以见的时候，已时过境迁，人家可能不想见你了，你也不想见他了。这样的计划就让人的生命质量下降了。所以，他干脆不给自己制订什么计划，给日程留下大量的空白和机动性。

见仁见智。就具体的时间表来说，每个人有不同的喜好安排，不必强求一致。就整个一生来说，我以为有计划比没有计划要好，这不但是从成就事业的角度讲，而且是从保护健康的角度出发。纽约一位杰出的医生宣布："在检查过一万五千三百二十一位纽约市民之后，我开始认识到这些病人的主要问题是在生活中缺乏价值观和目标计划。"

返回你的生命线。请你按照你为自己规定的生命长度，找到你目前所在的那个点。比如你打算活七十五岁，你现在只有二十五岁，你就在整个线段的三分之一处，留下一个标志。之后，请在你的标志的左边，即代表着过去岁月的那部分，把对你有着重大影响的事件用笔标出来。比如七岁你上学了，你就找到和七岁相对应的位置，填写上学这件事。注意，如果你觉得是件快乐的事，你就用鲜艳的笔来写，并要写在生命线的上方。如果你觉得快乐非凡，你就把这件事的位置写得更高些。假如，十岁时，你的祖母去世了，她的离世对你造成了极大的创伤，你就在生命线十岁的位置下方，用暗淡的颜色把它记录下来。抑或，十七岁高考失利……你痛苦非凡，就继续在生命线的相应下方很深的陷落处留下记载。依此操作，你就用不同颜色的彩笔和不同位置的高低，记录了自己在今天之前的生命历程。

完成之后，它大概是这样的：

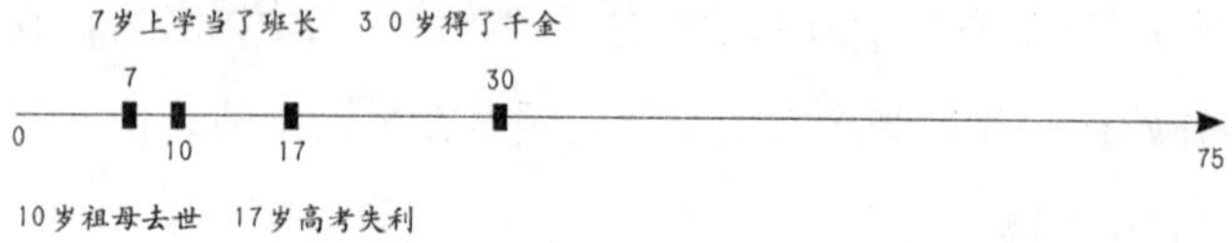

以上只是一个示意图，相信各位心灵手巧，绘出的生命线一定比我的这张简图要精致得多。

过去时的部分已经完成，你要看一看，数一数，在影响你的重大事件中，位于横线之上的部分多，还是位于横线之下的部分多？上升和陷落的幅度怎样？最重要的是看你个人对这件事的感受，而不在于世俗的评判。比如大家对父母去世这样的哀伤通常认可并理解，但对于谁把一只小猫的走失当成感情上的大挫折，就会不以为然。其实，对一个孩子来讲，如果在他的世界里，这只小猫情同手足，是生活中非常重要的一部分，失去它就会感到极大的悲伤和孤独，必须给予尊重。埃及街头，就到处是猫。人们认为在猫的身体里储存着阳光，猫受到尊重……总之，你的真实感受是重中之重。

完成了过去时，我们进入将来时。既然是一生的规划，你有什么想法就一股脑儿地写出来吧。很多人在这时犯了愁，不是他没有计划，而是他很少将这些计划在时间上固定下来。记得我从小就说过自己以后要当一个作家，可是一年一年地拖了下去，直到我已经三十多岁了，有一天，我弟弟对我说，我早就知道你想当一个作家，可是你都这么大年纪了，你什么时候才来实现自己的梦想呢？弟弟这句话对我的鞭策很大，我知道属于我的时间是有限的，如果我有一个理想，有一个愿望，那么我要把它落到实处。就像一锅豆子的浆液，要把决心的卤水点进去，让豆花慢慢凝固，从流动的液体变成固体。几天之后，上夜班的时候（那时候我还是内科主治医师，值班没病人的时候，我可以读书和写东西。）我开始写下了平生的第一篇小说。时间这个向量是非常重要的，你不能当一个口头理想家，而要踏踏实实地和时间结成钢铁联盟。

在你的坐标线上，把你这一生想干的事，都标出来。如果有可能，尽量把时间注明。视它们带给你的快乐和期待的程度，标在线的上方。如果它是你的至爱，就请用鲜艳的笔墨，高高地填写在你的生命线最上方。

当然，在将来的生涯中，还有挫折和困难，比如父母的逝去，比如孩子的离家，比如各种意外的发生，不妨一一用黑笔将它们在生命线的下方大略勾勒出来，这样我们的生命线才称得上完整。

这一部分可能要花费你多一些时间，但一张将引导你今后很多年的路线图，值得精雕细刻。全部完成之后，这张表就代表了你的人生蓝图。你可要保管好啊，它是你今后的指南针。

首先，你要看看你亲手写下的这些事件，是位于线的上半部分较多还是下半部分较多？也就是说，是快乐的时候比较多，还是痛苦的时候比较多？这不是评判你选择的正误和你生活质量的优劣，而是看你感受如何。如果你觉得这样还好，你就不妨如此继续下去。如果你不甘心，可以尝试变化。

世上没有什么事是一定指向倒退或是前进。上大学是好事，但如果没能考上自己理想的学校和专业，也会带来深切的不快。父母离婚是坏事，但如果能妥善应对，也未尝不是奋发的动力。亲人逝去肯定不是让人高兴的事情，但从更宏大的范畴来看，这是宇宙间永远的不可抵挡的规律，对规律我们只能接纳和服从，抵御和对抗的情绪，都是不智的徒然。纵观人类的发展史，很多伟人都是在亲人逝去之后，励精图治，成就大业。父母逝去让他们警醒到自己的责任。更不消说中国古代“塞翁失马，焉知非福”的故事，你说要是让那位塞上老先生做这个游戏，他把失马这件事画在生命线的上方还是下方？

如果你的生命线上所标示的事件，大部分都在水平线以下，那么，是否可以考虑调整一下自己看世界的眼光？你对未来的估计是不是太幽暗了一些？如果是，你对你的情况是否满意？如果满意，这就是你的性格所选择的生活了。多种价值观和生活方式并存，正是当今世界的特点之一。如果你觉得有改变它们的愿望，那么你可以试着用另一种眼光来看待世界。如果你的所有事件都标在了水平线之上，也并非就是一味值得恭贺的事情。前些日子，在电视里看到一位艺人得了重病，她还表示要带给大家欢乐，并为不能时时带给大家更多的快乐而内疚。我心中很难过，人并不是非要时时都快乐并且必须要让别人都快乐。人也不可能时时都快乐，一生都快乐。这不符合逻辑，且根本做不到。

承认自己的局限，承认人生是波澜起伏的过程，接纳自己的悲哀和沮丧，都是正常生活的一部分，犹如黄连和甘草，都是医病的良药。不要把快乐当成负担和义务，不要把快乐变成装饰和表面文章。我相信快乐和不快乐是相辅相成的感受，我都尊重它们，每个人可由自己的心愿来选择它们的比例，不被它们牵着鼻子走。我不愿成为哀伤的奴隶，同理，我也不愿成为快乐的佣人。

有一位国外的学者，得了罕见的癌症。他一次次和疾病斗争，直到生命垂危的时刻。他说："从我的肿瘤第一次被诊断，到我完全依赖轮椅，我不断地意识到我失去的绝不仅仅是我的腿，我还丧失了部分自我。并不是别人对待我的方式有所不同，而是我已经在思想、自我形象和生存的基本条件上发生了改变，我所熟悉的一切正在越来越快地离我远去……我不再认为生病是对自己的惩罚或是评判，在我生病的体验中，被迫放弃了最珍视的设想——即个人是不可毁灭的设想。不由得思索人生还有什么意义？还有什么神圣可言？原以为生命是可以掌握可以预见的并且是可以永远存在的，因此我可以控制我们的命运，生病破坏了这种基本的神圣不可侵犯感，迫使我承认自己的软弱和生命的必然灭绝。我想告诉你，我是一个生命垂危的病人，但此时我的心中充满了欢愉与平静，我认为我已经康复了。我的心已经康复了，这正是我一辈子所追求的……”

我读到这些话时热泪盈眶。如果我们画出他的生命线，那么，按照惯常的思维，是一定要把这个事件记录在生命线的下方，而且是深深的谷底。至于死到临头的时刻，更是一泻千里的灰暗了。但这位学者，却在灾难中完成了自己的涅槃，他的生命线达到了从未有过的高度。

生命线画完成之后，请把注意力集中在此时此刻。你要说啦，我以前的事还没有思索清楚，以后的事还没有理清头绪，你怎么让我把心思聚在当下？

以前的事已经发生过了，哪怕是再可怕的事件，也已过去。你不可能改变它，能够改变的是我们看待它的角度。一个人的成熟度，在于这个人治愈自己创伤的程度。过去是重要的，但它再重要，也没有你的此刻重要。

活在当下，活在此时此刻，这是获得幸福百试不爽的诀窍。

这不是今朝有酒今朝醉的颓唐和短视，而是脚踏实地的清醒把握。过去已成定局，将来在于努力。真正抓在你的手里的只有此时此刻。你的感官向着此时此地开放，你看到的是眼前的事物，听到的是耳边的声响，闻到的是近前的气味，触到的是身旁的温度，摸到的是指尖的感觉，尝到的是口中的滋味……把握当前，更是对生命本体的尊重。

有一则著名的佛家故事，说的是一个人跌下了一口干枯的深井，掉下去就会粉身碎骨。幸好这人慌乱中伸手乱抓，揪住了一束枯藤。往上看，碗口大的一圈蓝天是那么高远，往下看，井底是密密麻麻的一窝毒蛇，正吐着火红的毒信。突然，他听到了咯吱咯吱的声音，原来是一只老鼠正在噬咬着枯藤，碎屑簌簌而下，枯藤就要断了……正在这时，他看到了井壁上盛开着一朵不知名的小花，娇艳的花瓣迎风摇曳。于是，他欢畅地微笑了。

这是一个关注此时此刻的极好例子。是的，片刻之后，鼠咬就会切断古藤，这个人就要坠下枯井，即便他不被摔死，也会被饥饿的毒蛇吞噬。属于他的时间也许只有几分几十秒，可谁又能阻止他面对小花的微笑？

谁又能剥夺他轻松的快乐和享受？退一万步讲，就算他噤若寒蝉，就算他泪如雨下，又能对残酷的事实有何补救？站着也是死，卧着也是死，何不仰天长啸，从容微笑呢？

关注此时此刻，是建立在对未来明晰的眺望之下，很清醒地采取的人生态度。有人说，井壁上的人还有心思看着野花笑，太傻了。为什么不利用这最后的机会攀住缝隙，再为自己争取一点时间呢？为什么不大声呼救，也许还有生还的希望？

我无法反驳这些假设，所有的比喻都是蹩脚的。这个故事只是想说明，在最绝望的时刻，我们也依然可以保持心境的平和，关注和发现眼前的美好。

生命最宝贵之处，并不在它的长度，而在它的广度和深度。如果我们能很精彩地过好每一分钟，那么这些分钟的总和，也必定精彩。

看着你的生命线，也许你会激荡起时不我待的豪情。我们的生命是有限的，无论你为自己设置的结尾是多么遥远，总有一个尽头。当一个人很年轻的时候，就知道我们的生命有结束的那一天，我觉得这是一件幸事。青春是可以稍微挥霍一下的，但要有一个限度。你可以挥霍早春，但不可以挥霍夏天。如果你忘记在春天播种，过了节气，收获的谷粒就无法饱满。

生命线不是掌握在别人手里，它只有一个主人，就是你自己。无论你的生命线是长是短，每一笔都由你来涂画。如果你细心地查找，可以看到很多依稀的影子在这条线上出没。我看到过一个女孩所画的生命线，只到了四十五岁就停止了。我觉得这实在是有些短，因为目前我国人口的平均寿命已经到了七十岁以上，女性的预期寿命更长一点。我说，你为什么画了这么短的一条线，是不是厌倦了人生？她说，正相反，我无比地留恋人生。我说，这就怪了，留恋就该画得更长，怎能戛然而止？

她回答说，我的外婆只活了四十五岁，我有什么理由比外婆活得更长久？我说，你是不是特别思念你的外婆？她的眼眶立刻盈满了泪水，说，外婆最疼我了，自她死后，我觉得这世上的人都不配活过四十五岁。

那天我们就此事谈了很久。一个人的生命线居然如此强烈地受着一个已经过世的人影响，这一定是当年那位疼爱外孙女的外婆所没有想到的。这个女孩把对外婆的爱戴化成了对自己的惩罚，甚至自己一生的安排，都受到了制约和影响。我开玩笑地对她说，幸好我们今天做了这个游戏，你觉察到了心中潜伏的暗流。要不然啊，你很有可能在四十五岁之前就生一场恶病，使自己的生命受到强烈的威胁。因为这种不良的暗示，会被我们的潜意识接收。潜意识这套系统，你说它聪明，它真能破译和指示很多我们在意识层面无法解决的难题。你要说它笨啊，很多时候也会弄巧成拙。因为它时时刻刻在监听着你的信息，你一再对自己说，我不要活到四十五岁，它就把这话当成是你的真实愿望，认真地去操办了，它就会在这个期限之前，让你生一场重病，它以为这是帮了你，其实这并不是你的真正愿望。

女孩眼中的泪水被惊讶烘干，紧张地说，你不要吓我，真会这样吗？我说，有很多研究的确证明了这一点。当然这不是绝对的，不是我们每一次微小的疾病后面都有这样的意义，但很多疾病确实是有意义的，事关生命，不可掉以轻心。要用一种普遍相关的透视法去考察生病的意义，那些我们没有意识到的情感和信念，常常会导致一些病状，使病情发生甚至药石罔效。

关于生命线，还能凸现出很多和你关联的信息。看你是否善于从这些宝贵的信息中，拼接出你内在的图谱。比如你在生命线上随手写下的数字，基本上是有意义的，但这意义别人无法破解，只有靠你的智慧和回忆。不要放过它们，这种寻找虽然十分辛苦，但对我们也许很有益处。

还有一位年轻的朋友，他遇到的难处是在生命线的左面，他找不到任何值得记录的事情。也就是说，他的生命线的过去时部分，是一片空白。我很惊讶，问他，难道你的生活中就没有发生过让你感动或是伤心或是喜悦的任何事件吗?

他很无辜地看着我说，我想不起有什么可记载的事。但是，我在生命线的右面，就是我的将来部分，写下了很多要干的事，比如我要成为优秀的科学家，我要周游世界，我还要娶一位美丽妻子和生很多孩子，当然不能违背计划生育的政策，我很可能移民到国外……

我仔细看看他的生命线，左面果真一片空白，右面密密麻麻。他的这番话虽可自圆其说，但我还是觉得哪里出了毛病。

后来，我和他讨论，说你觉得自己的前半生一事无成，把希望都寄托在后半生，许给了自己和大家一张空头支票。我不相信一个在前半生一事无成的人，在后半生会硕果累累。当然了，有些人属于蓄势待发，大器晚成，可以很长时间默默无闻，突然间就一鸣惊人。但他们和你不一样，我相信如果让这样的人填画一张生命线的话，他们不会像你这样悲观，他们会如实地写下引而不发的锻炼过程。他们很清楚自己是在积累中，而你却是真正的一穷二白。

那小伙子听了我的这一席话，突然怨怒起来，说，我写什么？我从上幼儿园到上小学上中学直到上大学，都是父母一手包办的。这不是我的功劳，也不是我的业绩，你让我如何写？

我看他发火，反倒释然，知道这触动了他。我说，是不是你觉得自己以前一直是在父母的庇护之下，从没有凭着自己的努力真正生活过，所以你才把它们变成一片空白？

他说，正是。

我说，我从这里面看出了你想要改变的决心。但是，既然是改变，就要从此时此刻开始。我就不相信在你二十多年的生命过程中，就没有一件事是自主的。如果你找不到这样的事，今后的改变也很难落到实处。

他认真想了想说，有一件事是我自己独立完成的。这就是上大学的时候，从南方到北方，人生地不熟的，父母一定要送我到校。我说，我自己去，又不是小学生。后来，在我的一再坚持下，他们只得放弃初衷，同意我独自上学。可是这件事很小，很平常，班上同学有比我更远的，也都是自己到校，我还有什么可写的呢？

我说，一定要写上。不在路途远近，而在于这是你独立完成的事。在你的生命线上，是一件大事。

后来，我看到那个男生在生命线的左面，郑重地写上了“21岁，独自上大学”。这种发现和肯定，对他是一个崭新的经验。在为自己规划的征程上，这种感觉是制胜的法宝之一，但愿他一旦拥有，不言放弃。

如果你对今后的规划很多，你的生命线的右侧上方风雨不透，我有一个善意的提示，你是否要注意生态平衡，适当地间间苗，让计划瘦身一些？断其十指不如伤其一指，一个人的精力总是有限的，如果你没有过人的天赋和极好的运气，不可能四处开花八方结果。如果你的计划订得太稀少和低落，那我可要送你一段话。这段话不是我说的，是伟大的人本主义心理学家马斯洛所说：

如果你有意地避重就轻，去做比你尽力所能做到的更小的事情，那么我警告你，在你今后的日子里，你将是很不幸的。因为你总是要逃避那些和你的能力相联系的各种机会和可能性。

我常常遇到一些饱含怒火却又无处宣泄的人，他们似乎觉得全世界都亏待了他们，他们为什么有这么大的怨气，我在很长的时间内找不到答案，后来，我看到了马斯洛的这段话，恍然大悟。

消极思维的人，对事物永远都会找到消极的角度，总能找到抱怨的借口，最终得到消极的结果。而消极的结果又会逆向强化消极思维，从而使人成为更加消极的思维者。

幸福是一种主观感觉。你没有给自己的潜能一个正常发挥的渠道，它怀才不遇，你就没有幸福可言。很多献身于自己事业的人，虽然未必个个都能成功，但他们乐此不疲，就是找到了和自己的能力相对应的领域，在这个探索的过程中，他们收获了由衷的快乐。如果你始终在逃避，躲开挑战，做比你已经具备的能力要低的事情，表面上看起来，你减低了风险，让自己处在一个安全系数更高的避风港里，但你却把自己最宝贵的能量束缚起来，捆绑着它，监视着它，禁锢着它。它所具备的动力无以释放，只得变成苦恼的源泉，在你的体内奔突不止，希图引起你的注意，改变你的方式，让它一展宏图。

怎么样，朋友，如果你不幸地落入到这个窠臼之中，就要图强自救。看看你的生命线的右面，是不是你在逃避做和你的能力相匹配的事业？你在不停地说服自己降低标准，你以为这样是对自己负责，殊不知不把生命的能量发挥到极致，才是对自己最大的不负责任。可以说，在我们的机体的这块燧石中，究竟蕴含着怎样的火花，如果不去敲打，谁也无法预计。

有人说，我现在画出了自己的生命线规划蓝图，以后还会不会变化呢？不要把一个游戏看得玄妙，它只是想激起你的警觉，在纷杂的现代生活中，腾出那么一点点时间，眺望远方，拓开一条属于自己的小路。几年以后，你对自己的筹划也许会有改变，但眺望永远是需要的，大方向永远是需要的，改变也是需要的。不要因为将来的改变，而不肯在今天做出决定。如果有人一生都无须改变，那他要么是未卜先知，具有极高悟性和远见卓识的天才，要么就是僵化和刻板的化石。

别总盯着树上最丰盈的果子，专心致志地做好你最感兴趣的那件事。

如果你有兴趣，不妨过上个三年五载，再用十分钟时间，把这个游戏做一遍。把以前的卷子找出来，比照着看看，也许有碰撞和修正。

找一张A4纸，写下忧伤

把你不快乐的理由写在一张纸上，你会惊奇地发现，它们完全没有像你想象的那样多，一般来说，它们是不会超过十条的。在这其中，把那些你不可能改变的理由画掉，比如你不是双眼皮或者你不是出身望族。然后认真地对付剩下的若干条，看看有哪些切实可行的方法可以将它们改变。

我常常用这个法子帮助自己，写在这里，供朋友们参考。

先准备一张纸，在纸上写下我纷乱的思绪。最好是分成一条条的，这样比较清晰和简明扼要。要知道，人在愁肠百结、眼花缭乱的时候，分辨力下降，容易出错。所以把复杂的问题简单化、条理化，用通俗点的说法，就是给问题梳个小辫子。实践证明，这是个好方法。

具体的操作步骤是这样的：假如你感到沮丧，就请你分门别类地把沮丧的理由写下来；假如你感到哀伤，就尝试着把哀伤的理由也提纲挈领地写下来；如果你也不知道因为什么，就是心烦意乱、百爪挠心、不知所措、诸事不顺的时候，也请你把所有可能导致如此糟糕心情的理由写下来。不要嫌麻烦，依此类推——当你愤怒的时候，当你寂寞的时候，当你无所适从的时候，当你自卑和百无聊赖的时候……都可以用这个法子试一试。

给你一个建议——找一张大一些的纸，起码要有A4纸那样大。如果你愿意用一张报纸一般大的纸，也未尝不可。反正我常常是这样开始的，引发我不适的感觉是如此强烈，深感没有一张大纸根本就写不下。数不清的理由像野兔般埋伏在烦恼的草丛里，等待着我去一一将它们抓出来。如果纸太小了，哪里写得下？写到半路发觉空白地方不够了，再去找纸，多么晦气！

当然了，你要找一个安静的地方。你要独自一人。不要把这当成一个玩笑，精神的忧伤是值得认真对待的，我们要凝聚心力，有条不紊地打开创口。

我当过外科医生，每逢打开伤口的时候，我都要揪着一颗心，因为会看到脓血和腐肉，有的时候，还有森森白骨。但是，任何一个负责任的医生，都不会因为这种创面的血腥狼藉而用一层层的纱布掩盖伤口，那样只会养虎为患，使局面越来越糟。

打开精神的伤口也是需要勇气的。当你写下第一条的时候，你很可能会战战兢兢地下不了笔，这时候，你一定要鼓起勇气，不要退缩，就像锋利的柳叶刀把脓肿刺开，那一瞬，会有疼痛，但和让脓肿隐藏在肌肉深处兴风作浪相比，这种短痛并非不可忍受。

第一刀捅下去之后，你在迸出眼泪的同时，也会感到点点轻松。因为，你把一个引而不发的暗疾揪到了光天化日之下。

乘胜追击，不要手软。请你用最快的速度，再写下让你严重不安的第二条理由。这一次，稍稍容易了一些。不是吗？因为万事开头难啊！你已经开了一个好头，你已经把让你最难忍受的苦痛，凝固在了这张洁白的纸上。这张纸，因了你的勇敢和苦痛，有了温度和分量。

第二条写完之后，请千万不要停歇下来，一定要再接再厉啊！这应该不是什么太难之事，因为让你寝食不安的事，不会只是这样简单的一两件，你的悲怆之库应该还有众多的储备呢！也不要回头看，估摸自己已经写的那些东西，是不是排名前后有调整的必要，只需埋头向前继续写。

写！继续！用不着掂量和思前想后，就这样写下去。等到了你再也写不出来的时候，咱们的“白纸疗法”第一阶段就先告一段落。

摆正那张纸，回头看一看。

我猜你一定有一个大惊奇。那些条款绝没有你想象的多！在一瞬间，你甚至有些不服气，心想造成我这样苦海无边纷乱不止的原因，难道只有这些吗？不对，一定是什么地方出了差池，我想得还不够深不够细，概括得还不够周详，整理得还不够全面……

不要紧。不要急。你尽可以慢慢地想，不断地补充。你一定要想尽让自己不开心的理由，不要遗漏一星半点儿。

好了，现在，你到了绞尽脑汁再也想不出新的愁苦之处的阶段了。那么，我们的“白纸疗法”第一阶段正式完成。

你可以细细端详这些让你苦恼的罪魁祸首。我猜你还是有些吃惊，它们比你预想的还是要少得多。你以为你已万劫不复，其实，它们不会超过十条。

不信，我可以试着罗列一下：

1．亲人逝去；

2．工作变故；

3．婚姻解体；

4．人际关系恶劣；

5．缺乏金钱；

6．居无定所；

7．疾病缠身；

8．牢狱之灾；

9．失学失恋；

10．……

看到这里，你也许会说，这也太极端了吧？这些倒霉的事怎么能都集中到一个人身上呢？这种人在现实中的比例，太低了！万分之一有没有啊？是的，我完全能理解你的讶然，但是，正如我们前面所说的，即使是这样的“头上长疮脚下流脓”的超级倒霉蛋，他的困境也并没有超过十条。

现在，“白纸疗法”进入第二个阶段。

把你的那些困境分分类，看看哪些是能够改变的，哪些是无能为力的。对于能够改变的，你要尽自己的努力来争取摆脱困境。对于那些不能改变的，就只能接受和顺应。

咱们还是拿那个天下第一倒霉蛋的清单来做个具体分析：

不能改变的：亲人逝去，婚姻解体，疾病缠身。

已经得到改变的：因为牢狱之灾，解决了居无定所。因为牢狱之灾，也就没有继续工作的可能性了，所以，第二条困境就不存在了。失学这件事，也只有等待出狱之后再做考虑。失恋这件事，虽然说并不是完全没有希望挽回，但因为恋爱毕竟是两个人的事情，假如在没有牢狱之灾的情况下，对方都已经和你分手，那么现在的局面更加复杂，和好的可能性也十分微弱，基本上可以把它放入你无能为力的筐子里面了。

可以做出的改变：

1．在牢狱里，服从管理，争取减刑；

2．积极治病，强身健体；

3．学习知识和技能，争取出狱后能继续学业或是找到工作，积攒金钱，建立新的恋爱关系，找到房子，成立美满家庭。

通过剖析这张超级倒霉蛋的单子，我想你已经知道了该怎么做，我这里也就不啰唆了。毕竟每一片叶子都是不同的，每一个人遇到的具体困境和难处也都是不同的。我也就不打听你的隐私了。现在，让我们进入“白纸疗法”的第三个阶段。

第三个阶段非常简单，就是你给自己写一句话。可以是鼓励，也可以是描述自己的心境，也可以是把自己骂上一句。当然了，这可不是咬牙切齿地咒骂，而是激励之骂。

有的朋友可能还是不知道如何下笔，让我举几个例子：

有人写的是：那个悲伤的人已经走远，我从这一刻再生。

有人写的是：振作起来。不然，我都不认识你了！

还有人写的是：一切反动派都是纸老虎。

最有趣的是我曾看到一个年轻人写道：啊！我呸！

我问他，这个“我呸”，是什么意思？

他翻翻白眼说，你连这个都不懂？就是吐唾沫的意思。吐痰，这下你总明白了吧？

我笑笑说，还是不大明白。

他说，你怎么这么笨呢！像吐口水一样，把过去的霉气都吐出去，新的生活就开始了。我小的时候，每逢遇到公共厕所，氨水样的味道直熏眼睛，我妈就告诉我，快吐口水，就把吸进肚子里的臭气都散出去了……现在，我也要“呸”一下。

我明白了，这是一个仪式，和过去的沮丧告别，开始新的一天。其实也很有道理。在咱们的文化中，有一个词，叫作“唾弃”，说的就是完全的放弃。还有一个词叫作“拾人余唾”，就是把别人放弃的东西再捡回来，充满了贬义。因此，这个小伙子在一句“我呸”当中，蕴含了弃旧图新的决定。

五个『因为……所以……』

1998年9月2日，我坐到了北师大心理系的教室里，成为一名心理咨询专业的硕士研究生。

半天课上下来，我这个后悔啊！写作已经多年，自由懒散成性，像幼童般坐在窄小的桌子后，半仰着脸，听一位老师谈自己几乎一窍不通的知识，实在生疏而辛苦。

课间休息时，大家彼此谈着对心理学的感受。我好像赤脚闯进了莽莽苍苍的热带雨林，到处是不认识的动物植物，出没着蛇和蜥蜴，令我胆战心惊。对心理学，我只看过几本弗洛伊德和荣格的书，其他皆是空白。比如人家说到华生，我以为是老谋深算的侦探福尔摩斯的助手，其实呢，他老人家是行为主义心理学派的大师。这简直就像练武功的人不知道少林寺，那一刻，周围的人突然不肯发出任何声音稀释尴尬，任我的无知如水银泻地，一览无余。

中午吃饭的时间到了，我拿着饭盒向食堂走去。食堂乱哄哄的，排着无数队伍，每一根都像拧散了的麻花辫，又粗又长。学生们彼此认识，一个站在那里，一个班的同学都顺势而入，排了半天队，队伍不但不向前移动，反倒后退了好几步。在挤得头昏脑涨之后，好不容易轮到我了。

凡物美价廉之菜，铁盆均已见底，只剩下一些高价菜勉力支撑门面。我自言自语，重新上学，是个辛苦的事情，慰劳一下自己吧。我要了一个红烧鸡块，饭盒装了二两米饭，开始了年近半百再次成为学生的第一餐。

我慢慢地吃着鸡块，希望美味能振奋一下苦闷的精神。新的打击扑面而来，所谓鸡块，不过是把一根鸡脖子剁成几段，胡乱裹上些面粉，用已经快要变质的油烹炸了一下，再以酱油煮熟。我死盯着鸡块企图引动食欲，困难地吞咽着白米饭。这时候，来了一个小伙子，可能是看到我这侧桌面还比较干净，坐了下来。

他问道，老师微服私访？到食堂和穷学生打成一片？

我苦笑道，我不是老师，是学生。

那学生一面狼吞虎咽地吞着烂糟糟的面条，一面说，老师开玩笑。您这么大年纪了，怎么还会是学生呢？再说啦，您吃这么好的菜，起码是博导了。

吃完饭，我像个孤魂野鬼似的，在北师大校园乱逛。不知不觉走到数学楼南边的小园子。北京秋天的阳光，明晃晃地照在椅子上，看起来暖和，然而因为有风，依旧是冷的。

虽然冷，困倦还是上来了。我睡眼蒙眬迷迷糊糊地，心想再过几天，就算这长椅空闲，也不敢久待了。天凉铁硬，会拉稀的，毕竟已不年轻。正想着，突然觉得有人轻轻地碰撞我的手，心一惊，暗想一定是又来了情侣，希望我能腾腾地方吧。我朝旁边躲了躲，觉得留出的地方足够大了，他们尽管坐就是了，我不会睁开眼睛偷窥。可惜那位来者很坚持，碰撞虽很温柔，但意志十分顽强，看来不把我惊醒并驱赶走绝不甘休。我只好抬起沉重的眼皮，给个回应。于是我看到了肇事者——两只硕大的毛毛虫，趴在我的手臂上，摇头晃脑。我惊得像火箭一样垂直而起，甩手如风车。它们画着弧线坠落在地。就在抡起胳膊跳将而起的当儿，我回头看到自己身后的树干上，密密麻麻地爬满了数不尽的毛毛虫。它们像针尖一样黑而小的眼睛，愤愤地注视着我，生气我擅入了它们的领地。

我自小就非常害怕毛毛虫，觉得它们猥琐而不祥。虽然早年当兵，遇到再恐惧的事由，也不会呼天抢地，练就了表面的镇定，但心中的发抖却是挥之不去。

这一下，睡意全无，瞬间做出一个决定——我马上退学！我要回家！校方能退点学费最好，实在不退就算了，认倒霉。

逃兵心态一定，我反倒轻吁了一口气。不就是还有一个下午吗？就是上刀山，下火海，也能扛过去。

这样熬到了两点，再次走进教室。下午上课的时候，林先生在黑板上写了一个造句："因为……所以……"

一下子仿佛回到了小学二年级。我实在想不通为什么在研究生的课堂上要来这种返璞归真的训练，但身为学生一天，就要完成课业一天。林先生解释说这不是一般的造句，你要觉察自己的感受。你要能分辨出是什么事件引发了你怎样的情绪。真乃一个新奇训练，且要连写五句。

我心中暗想，一个人能同时拥有那么多感受吗？或者说，在我们驾轻就熟的体内，有那么复杂的"因为……所以……"吗？当一天和尚撞一天钟，不管怎么样，学生还是完成作业要紧。我提笔写下了第一个句子：

1．因为我看到了很多毛毛虫，所以我很沮丧。

看着这个句子，我先是觉得好玩。一个经历了很多风霜的半老妇人，难道真的因为一些自生自灭、无知无觉的毛毛虫，竟如此地灰头土脸、一蹶不振吗？实在有些好笑啊。不过，这实在是我此时此刻的真实想法。

只完成了一个句子，当然还远远不够，只有继续写下去。

2．因为我不懂得心理学的很多基本常识，所以我觉得很丢人。

这一条写完，我有点生自己的气。真没出息，不知者不为耻，学习就是新的开端，这不是我一直勉励自己的话吗？今天怎么忘记了？

3．因为我没有心理学的本科学历，所以感觉很吃力。

我看着它，轻轻地点点头。因为这是一个事实。不过，似乎也没有什么了不起的，可以通过努力来弥补嘛！

4. 因为中午没有地方休息，所以我觉得很疲倦。

这倒是千真万确的，我无精打采垂头丧气。不过，似乎也不能都归罪于没有午睡，我并没有这样娇气。也许，更深层的原因是我在这里感到孤独和自卑。

5. 因为午饭既贵又不可口，所以我萎靡不振。

我本来以为自己凑不出来五句“因为……所以……”，不想很快就写完了。写完了，还意犹未尽。林先生把大家的作业纸收了上去，我们都很关心这些答案对还是不对。林先生说，答案是没有对错之分的，只是为了训练大家随时随地觉察自己的情绪。不要张冠李戴，也不要嫁祸于人。要找出那些真正引发自己情绪动荡的起爆点，就好比你看到池塘中一圈圈的涟漪，你要找到最初那块石头掠过并坠落的地方……

林先生还讲了一些什么，我已记不清。我能记得的就是这样一个句式的训练，让我改变了主意。我决定把心理学的课程坚持下去。因为我找到了自己情绪低落的那个最核心的“因为……所以……”。

这个句子应该是这样的：

因为我脱离了自己熟悉的环境和专业，我感到孤单和退缩。所以，我想逃避。

梳理完自己的情感脉络，我知道苦闷的来源了。它们和红烧鸡脖子有关，和蠢蠢欲动的毛毛虫有关，和福尔摩斯的助手有关，和没有午睡天气渐冷有关，但这些都不是关键。问题的关键是——我对于变化的不安全感。这种感觉是一种正常的反应，它不应该成为我们决定重大事项的借口。

现在能做的唯一的事，就是坚持下去。

是劳累而非舒适，让我们充分满足

脑研究专家认为，是劳累而非舒适，让我们有充分的满足感。

我是当医生出身，相信所有的感觉都不是空穴来风，一定都有生物学的表达形式。如果我们目前还不能确认此事，那是我们还没有找到，并不等于它不存在。比如满足感和幸福感，一定是有一个物质基础的。就是精神，在我们的头脑中，也一定有一个复杂的形态呈现着。科学家已经初步分析出来了，幸福感的内分泌物质就是内啡肽。

也许很多人对这个东西感到陌生。这种事情讲起来有一点儿怪异，某个东西一直存在于我们肉身之内，强大地主宰着我们的幸福感和满足感，我们却对此几乎一无所知。这不是比在小学寝室中住着一位哲学大师，还让人不可思议吗？！

然而真实就是这样令人惊诧与可怕。

我1995年开始写小说《红处方》，算是国内比较早地关注戒毒题材的小说。其实，在这之前很久，我就很好奇：人为什么要吸毒？

纳闷啊！这有百害而无一利的行为，却是如此地蛊惑人心、泛滥成灾！要知道在中华民族的历史上，有过

“第一次鸦片战争”，还有“第二次鸦片战争”。这充满屈辱的经历，让中华民族的子孙至今心存创痛。为什么我们会一而再，再而三地重蹈覆辙，自投罗网到鸦片这个魔王的手心里呢？

这其中一定有强大的悖论，困扰着我们的祖先，也困扰今天误入歧途的人们。

我开始搜集各方面的资料。那时候，戒毒还是一个神秘而敏感的话题，资料也很有限，有些只能阅读，并不外借。我同图书馆的有关人员商量，能不能在阅览室中午闭馆休息的时间，将我锁在阅览室内，这样，我就能够充分利用时间，多看一些资料。

图书馆的同志有些犹豫，吞吞吐吐地说，这样做，有一个问题……

我生怕人家不允许，就赶快说，我知道那时阅览室里空无一人，你们怕图书丢失。这样吧，我临出馆的时候，你们可以搜身，我绝不会认为这是对我的不信任或侮辱什么的，我愿意接受这种条件。

图书馆的同志说，不是这个问题。我们相信您。问题是，您中午不出馆，到哪里吃饭呢？

我说，谢谢你们想得这样周到，我可以带一点儿饼干什么的，干吃面嚼嚼也可以。请你们放心我的民生问题，我自会解决。

那位同志和蔼地微笑了，说，我考虑的还不是您的民生问题，是阅览室里不可以吃东西。因为那样会污染了图书。

我连忙说，对不起，我忘了这个非常重要的方面。谢谢您提醒了我。我向您保证，我在阅读期间，绝不吃任何东西。

这回轮到她担心了，说，您要是从早饭后到晚上回家，一点儿东西都不吃，会不会低血糖啊？

我说，不要紧。我以前在西藏当过兵，吃过很多苦，拉练中一天吃不上东西，是常有的事。您尽可以放心。

我们就这样说定了，在此后的阅读中，我真的做到了滴水不进口粒米不沾牙，似乎也并不觉得饥渴。

在大量的阅读中，我明白了毒品对人类的致命诱惑，来自它的结构和内啡肽的高度相似。

当我们快乐的时候，身体里会产生内啡肽。这是一种奇妙的物质，让我们可以抵抗哀伤，掀起兴奋的波涛，让我们创造力勃发，充满爱心和光明感……内啡肽的好处还有很多，比如可以对抗疼痛、振奋精神、缓解抑郁等等。我相信每个人都有内啡肽高度分泌的时刻，那会让我们感到无以名状的喜悦和欢欣。

看到这里，大家要说，既然内啡肽这么好，要是能经常保持在这种状态就好了。

这是一个美好的愿望，但也潜藏着深刻的危险。这就是内分泌的规律，它电光石火般闪现，到了该撤退的时刻，就义无反顾地消退，并不让我们持续在激昂的状态下。它有张有弛劳逸结合，分泌的规律十分巧妙。

我听一个长跑运动员说过，在马拉松中，有一个奇妙的点。在那个点之前，你感到非常疲惫；一旦越过了那个点，身体就又会充满了活力，你又会感到振奋。当然了，可能没有人在长跑运动员的行进途中，分阶段地抽取血液，查看他们体内内啡肽的浓度。不过可以推断出的是，内啡肽的分泌大致经历了几个阶段：激烈运动开始，肌肉群做出了本能的反应。它们感到持久运动和强力收缩带来的不适和生化反应，迅即报告给体内的中枢机制。身体先是用疲惫感通知你，它不喜欢这种活动，因为让身体付出得太多了。你的意志表示要坚持，坚定不移地告诉身体，这样做是有意义的，你将坚持不懈地进行下去。我们以前说过，身体是很善解人意的，它们看到提醒没有效力，转而揭竿而起，掉转船头，开始全力以赴支持你的决定。这时候，内啡肽就应运而生，开始活跃地分泌出来，它要帮助你渡过难关。此刻，拐点出现了，你不再感到奔跑的痛苦，反倒前所未有地轻快起来。(运动员还会反复经历痛苦和坚持的过程。请原谅，所有例子都会有局限性。)

当你终于赢得了胜利，站在高高的领奖台上，听国歌奏起，无数闪光灯聚焦在你的身上，这个时候，内啡肽一定是汹涌澎湃倾巢而出，你会感到前所未有的骄傲和狂喜在激荡着。

这就是内啡肽的分泌规则，凡人概莫能免。也许在经过训练的运动员那里，身体感到痛苦的节点会比较顺利地越过，想来他们对这个过程了如指掌。

也许有人会说，我也不是运动员，如何知道自己的内啡肽什么时候高度分泌呢?

这很好掌握。当你由衷地感到发自内心的快乐的时候，内啡肽就是活跃而充盈的。

有人说，我快乐的时光很少啊，是不是内啡肽就很微薄呢?

不乐观地说，真有可能就是这种情况。当我们抑郁的时候，内啡肽就变得十分稀薄。抑郁症的发病原因，至今还没有完全揭示出来，其中很有力量的一派学说，就是认为人体内的内啡肽和其他激素比例失调。

人生有高潮也有低谷。当我们享受到了内啡肽给予的快感之后，那种留恋和期待是可以理解的。正确的方式是，不断地形成正面的机制，让内啡肽的分泌进入一个良性循环。

打个比方说，如果科学活动能够让你的内啡肽高度分泌，当你再度进入这样的工作状态的时候，就会感到非常愉悦，沉浸在自我欢乐的海洋中。当然了，这种愉悦，并不是时时刻刻都一定是探索成功了，而是这个充满了未知的过程让你着迷，在前无古人的领域中摸索前行，你被好奇和惊喜感激励着。固然也有失败和沮丧，但你有一个坚定的目标，就会无所畏惧地一直向前。我们常常听到术业有专攻的人士说，他在从事这项工作的时候，并不感觉到辛苦，而是感觉到了巨大的幸福。我深深地相信他们所说的是肺腑之言。一个工作，如果带给人的只是苦难，很难自发地恒久地坚持下去。我相信大自然会给我们一个回报，这就是身体的配合，神奇的内啡肽正是自我奖励的勋章。

上面说的是正面例子，有没有反面例子，也刺激着我们的内啡肽高度分泌呢?

有啊。比如，有的人一到哀伤的时候，就会似饕餮狂吃一顿，然后比较不那么伤感了。我相信饮食刺激了他的内分泌系统，内啡肽也起了作用。究其原因，这样的人，往往在孩童的时候，就从父母那里接受了一个规律。孩子一哭起来，也许是病了，也许是感到害怕，也许是冷了孤独了，忙碌的家长第一个反应是——这孩子是不是饿了？马上给他吃奶喂食。或孩子哭了闹了惹人烦了，为了图清净，赶紧拿出一些好吃的，说，乖乖，你去自己吃东西吧，爸爸妈妈还有事呢！一来二去的，几乎所有的矛盾都可以用“吃东西”来化解，久而久之，幼小的孩子就形成了一个习惯，遇到问题，先吃一顿。尤其不开心的时候，大吃一顿引起内啡肽的分泌，让人比较怡然。进食就成了很多人简便易行的救急救命法宝。

有一个妈妈曾经同我说过，孩子生病人打蔫了，她不是拿体温表测体温，也不是检查孩子身上有没有伤痕或其他异常的征象，第一反应是蹿到厨房，端过来孩子最爱吃的红烧肉。要是孩子一见了肉，就停止呻吟大口吞吃，她就松了一口气。这孩子没什么问题，就算是生了病，也是小病，没什么了不起的。要是孩子不肯吃肉了，她才会重视起来。吃饭是试金石，比什么医生诊断都管用。这位妈妈很权威地做了结论。

可以想见这位妈妈的孩子长大之后，很可能会把吃东西放在压倒一切的地位上。因为在吃的时候，他会强力分泌内啡肽。

同样的例子还可以举出一些。比如有的女子一遇到不开心的事，就会去逛街，狂买一堆乱七八糟的东西。过后，大部分衣物都用不着，压了箱底，成了“购物狂”的证据。我认识一个这样的女生，每逢失恋，就去购物。后来，她会指着衣橱里色彩斑斓的衣服说，这件茄子紫的是跟第一个男友分手后买的，这件骆驼黄的是跟第二个男友分手后买的，这件蛤蟆绿的是第N次失恋后买的……我听得目瞪口呆，指着崭新的衣物问她，这些衣服你穿过吗？她拨浪鼓一样摇着头说，没穿过，一次也没有穿过。我问，那这些衣服得花多少钱啊？她说，没算过，大约总有上万了吧。我说，那以后你还会穿这些衣服吗？她说，我才不会穿呢！一穿就会想起伤心的往事，不是自找没趣嘛！我心疼地说，这多浪费啊，多不值啊。该女孩子凤眼一瞪，说，毕阿姨，这您就有所不知了。这些衣服虽然我不曾穿过，但这个钱花得值。因为我当时非常痛苦，几乎难以自制。到街上花出一大笔钱，抱着满怀的衣服回家，我就有了一种满足感，我的不快乐就渐渐地消散了。从这个角度讲，我这一万块钱花得值。要不然，把我给憋病了，一万块钱都用来买药，没准还医不好我的病呢！

我不再出声，明白自己又碰上了一个内啡肽在特殊情况下分泌的例子。

其实，我们只要下点儿功夫，就会找到自己这种快乐物质分泌的小秘密。

我曾经看到过一个杀人犯，他说当他在杀死别人的时候，感到一种非凡的快感。如果几个月不杀人，就会手指头发痒，浑身很不舒服。于是他会毫无理由地向无辜者动手，只为了获取畸形的快感。这太可怕了，他的内分泌系统已经跟杀戮相连。

有的人用高速飙车带来幸福感，这也是比较可怕的方式。长久下去，出意外的概率极高。

有的人用旅游和运动来分泌内啡肽，这还是个不错的方法，不过，要量力而行。

如果说用吃饭和花钱来织成自己的内啡肽分泌网，虽有欠缺之处，毕竟结局还不是太悲惨。了不起是自己的减肥计划一次又一次地泡汤，是自己存不住钱没法理财，后果基本上还在可控范畴之内。如果异想天开地人为追求大量摄入使人快乐的物质，就会卷入药品依赖的黑旋涡。

自然界有一种妖娆的花，叫作罂粟。从罂粟浆汁中，可以提炼出一种物质，这种物质进一步提纯，就成了吗啡。你可能会发现，吗啡和内啡肽都有一个“啡”字。是的，它们的分子结构很近似，是近邻。

吗啡进入人体，就起到了内啡肽的作用。只是这种啡肽，不是身体内部精细地产生出来的自给自足的分泌物，而是外界进入的超大剂量的作用强烈的刺激物。

你可能要说，那不是让人感觉非常快乐吗?

我要非常诚实地说，在开始阶段，的确是这样的。在很多戒毒的书籍里，对这一阶段的危害性警示不够，它没有告诉大家，在吸毒的第一阶段，吸毒者的确是感到非常快乐。这种快乐，比你已经经历过的所有快乐的总和还要更强烈持久。因为这种外源性的药品，来势凶猛，功效强大，比机体辛辛苦苦分泌出的那点儿内啡肽，要凶悍多了。打个比方，如果说内啡肽是涓涓溪流，吗啡就是滔滔洪水。

这一个阶段最具欺骗性。因为吸食毒品的人，有种种心理上的不健康，他们或是自视甚高感到孤独；或是家庭事业种种不如意，正处在命运的凹陷处；或是结交了一批损友，气氛诡谲，虚无颓废；或是……

总之，这些人对人生多持怀疑、消极或是狂妄态度，对种种有关毒品的宣传教育，充满了嘲讽的逆反心理。当刚刚吸食毒品的时候，并没有即刻感到毒品的害处，反倒欣喜异常，于是沉浸其中，以为自己不会中毒，是一个幸运的例外。

世上没有不劳而获的事情，对幸福愉悦的感受也是如此。你不付出艰苦的努力和辛勤的探索，就想坐享其成，并且贪得无厌，索要更大的感官享受，必将受到惩罚。这种假冒伪劣的幸福感是不能持久的。外源性的吗啡很快就让机体产生了适应性，相同的剂量不能达到那种飘飘欲仙的感觉，贪婪的人为了攫取更多的愉悦之感，只有加大毒品的吸食量，这就很快沉入了无底深渊。这个时候，吗啡就不再提供虚伪的快乐，而是源源不断地供给惨烈的痛苦了。

我看过一幅宣传戒毒的宣传画，把罂粟花画成了妖精。我觉得说到底，不能把责任推卸到一朵无知无觉的花上面。在没有人类存在的时候，这种植物就已经生存了，它也并没有给人以外的任何生物造成过如此荒诞的威胁。所以，有罪的并不是一种能提炼出生物碱的植株，重要的是你对幸福的理解和获取幸福的途径要正当。

适宜强度的劳动会产生内啡肽，这是一条定律。如果总是闲适，机体分泌不出足量的内啡肽，就会影响健康。从这个意义上讲，劳动不单是光荣的，而且是必需的。

为自己培养出健康的内分泌习惯，是现代人的精神课题。

你可曾听得懂身体的呐喊

如果你病了，请在第一时间到医院去。不要坚持，以为这是对身体的锻炼。但是你可以想一想，自己为什么会生病？所有的疾病都是有原因的，答案只有你自己晓得。知道了答案，你不要告诉别人，因为这是你的秘密。如果你需要不断地把自己的病痛公布于众，那你不是显要人物就是以病为美。

我很喜欢的一本书，叫作《生命的重建》。这是美国一位名叫露易丝·海的女心理学家所写，据说全球销量达到了两千万册。这还是2002年的数据，到现在很可能更高了。我喜欢这本书到什么程度呢？给你说个真实的笑话。

有张报纸，上面有个不定期的栏目，叫作《名家荐书》，就是请一些人说说自己最近都读了哪些好书，和读者分享。其实呢，就是写一篇读后感，你要说出这本书好在哪里，为什么要推荐给大家。有点儿像你在哪个小饭馆或是大饭店，吃了一道好菜，告知亲朋们：大家都来尝尝啊。我对报纸上这一类的小专栏都挺注意的，因为现在贿买的书评太多，凡是长篇大论说某书如何如何好的，反倒让我疑心这作者是收了出版社的钱财，替人抬轿子吹喇叭，不足为信。倒是这类比豆腐干大不了多少的文章，出版社看不上眼，有可能是肺腑之言。因为常常看这种文章，轮到编辑邀我荐书，自己也很荣幸，赶紧为自己觉得好的书写上三言两语，以报还编辑的信任和同我一样喜欢这栏目的读者。编辑还说，如果您特别忙，抽不出时间来写这篇文章，就把您的想法告诉我，我来写好了。那一段，我真是特别忙，就在电话里，把自己对这本书的好感说了一番，后来由编辑整理后发在报纸上。因为我没有该报纸，编辑可能给我寄了，我又没收到，总之是印象淡漠。过了一年多，该编辑又向我约这个栏目的稿，我觉得总是劳驾人家代笔恐不相宜，就自己动手写了一篇书评，以电子邮件的形式发给她。过了几天，该编辑回复我说，看来毕老师真的是很忙，您去年就已经向我推荐过这本书了。

我是老大的不好意思，觉得对编辑不够尊重，但心底里实在是喜爱这本书。我先把这篇从未发表过的书评附在下面，您看完之后，咱们再来说疾病和身体的关系。

露易丝·海是美国最负盛名的心理治疗专家，她揭示了疾病背后所隐藏的心理模式，认为每个人都有能力采取积极的思维方式，实现身体、心理的整体健康。

也许有人会以为露易丝·海一定是个得天独厚超级健康的人，要不然她何德何能有资格来写这样一本教诲众生引渡痛苦的书呢？要知道，这本书自1984年出版以后，截至2002年，英文版已经印刷了七十一次，销量达到了两千万册。

其实，她是一个不幸的女人，红颜薄命、饱经沧桑。她的童年风雨飘摇，穷困潦倒，自幼父母离异，五岁的时候就遭受了强暴，少年时代一直受着凌辱与虐待。后来她逃到纽约，历经坎坷成为一位服装模特，嫁了人。十四年后，她被丈夫抛弃，后来又被确诊患了癌症……

但是露易丝·海没有被命运之蹄踏成齑粉，而是用残破的碎片重构起了自己的思维大厦，提出了“整体健康”的观念。在她的这本书里，流淌着温暖的智慧，传授着行之有效的方略。

特别值得一提的是在书中有一个问题列表，列出了你现在有的疾病和以后可能有的疾病名称，并且探讨了这些疾病的内在原因。

心理不适可以导致生理上的疾病，比如你工作压力太大感觉疲惫不堪，老板让你加班你不得不加，这时候你就很可能患上感冒。你名正言顺地赖在床上得以休养，感冒就成了你的朋友，荣登了心身疾病的谱系。露易丝把各类疾病排起队来，明晰地列成表格让人按图索骥，实在是聪明而且大胆。我不敢说这些起承转合的规律一定千真万确，但起码很大部分是非常实用的。

比如“疼痛”，可能是因为渴望得到爱，渴望被拥有而不能被满足。比如导致“贫血”的心理原因可能是态度消极、缺少快乐，并且害怕生活。再比如“脓肿”，是由于对你不愿意丢弃的信念，感到了愤怒。还有“背部不适”，是因为感到生活难以支持……

这个表一共占了四十四页，每一次我读到它们的时候，都充满好奇并怀有敬畏。我们的身体里面居住着我们的心理，它们水乳交融互通有无，在暗地里主宰着我们的生涯，而我们常常一无所知。露易丝的书不一定放之四海而皆准，起码提供了一份详尽的情报，让我们从此在心身疾病面前不再盲目和茫然，继而重整河山再造健康。

露易丝·海列出的那个表，我不知道是不是完全符合中国人的体质。比如她说脓肿是因为“感到受伤害，被轻视，想要复仇而产生的思想波动”。比如她说扁桃体炎是因为“家庭发生冲突，吵架，孩子发现自己不受欢迎，是个负担”。说到女性常见的乳腺问题，露易丝·海说这是因为“乳房代表母性、养育和营养，如果乳腺出了问题，多半是拒绝给自己营养，把其他人看得比自己重要。过度溺爱别人，过度保护别人，过度忍受”……

还有很多很多，让你看了不由得为自己捏了一把汗。我们原以为那些在自己心里一闪而过的念头，很多只是玩笑般的发泄，却被身体这个忠实的同伴一字不落地牢牢记住。它们以为我们的这些话都是经过深思熟虑的命令，它们宁肯自己吃苦受罪，也要千方百计地去执行你的指令。

说到这儿，我想起了自己的一段往事。

19世纪80年代末，我在北京的一家工厂担任卫生所所长。那是一家重工业工厂，有数千工人，炼铜的炉子终日炉火熊熊，一线职工三班倒。这就要求医生们也要三班倒，诊所时时刻刻都要亮着灯。诊所有十几位大夫，化验、X光、内外科、药房、治疗室都有设立，真是麻雀虽小，五脏俱全。那时还是公费医疗，工人们大病小病都要在卫生所诊治，每天处方满天飞，还有每星期的例会，上面的检查工作，年终的总结报告。要是有人重病，就得联系医院。要是有人死了，就得负责火化……我不厌其烦地写了这么多，就是想说明，我当的这个官儿，可能是全中国最小的职务了，但是非常繁杂。正在这时，我被鲁迅文学院和北师大联合举办的文学研究生班录取，同班同学还有莫言、刘震云、余华、迟子建等等。这自然是一个极好的学习机会，但一个穿着白大褂的卫生所所长去读文学的研究生，似乎风马牛不相及。

报到的那一天到了，我到了鲁迅文学院的门口，却终于没有走进去。我对一位偶遇的同学说，请你帮我转告校方，我因为实在没有法子平衡上学和本职工作之间的矛盾，只好不学了，请老师们原谅我的不辞而别。说完这些话之后，我真是强忍着眼泪，离开了学校。我至今要感谢我们厂的党委书记和厂长，他们得知此事之后，专门开了一个会，集体决定支持我去读书，照发我的工资奖金，唯一的条件是我还要把卫生所的工作抓起来。有课的时候去上课，下了课之后，就回到工厂上班。我非常感谢他们。

就这样，我在同学们都完成了预科的学习之后，直接参加入学考试，开始了正式的学习。那时候，学校每周四天有课，其中有两天是全天上课，还有两天是半天有课。我每天上完课之后，就赶快回到工厂卫生所去履行所长的职责。当时北京市电力紧张，我们厂是耗能大户，星期天是用电低谷时间，我们要照常上班。厂里的休息日是每周二，正好那一天鲁迅文学院是全天有课。这样的结果是我在一年多的时间里，几乎没休息过一天。每周七天，在学校四天，其中有两个下午赶回厂里上班。在厂里是三个整天加上两个半天。

每日奔波的路程将近四个小时。我和同事们同学们半开玩笑地说，这样一年跑下来，我在北京城完成了一次长征。刚开始还好，但慢慢地我开始感到非常劳累，夜里噩梦连连。不是梦见自己上课迟到，就是梦到自己在临床医疗上看错了病，把人给治死了。我第一次感到时间像一条在酷日下晒了三个月的毛巾，再也拧不出一滴水来。我会在所长的位置上算错了药费，也会在“鲁院”的课堂上心猿意马，想着某个老工人住院快死了，我一定要去看看他。据上次看他的人说，他一个劲儿地念叨我，说毕大夫这个人为什么不来看我呢？按说她是个好人呢……

人好像变成了一个已经炸成无数片的红气球，到处都是破碎的不规则碎片，我觉得自己马上要弹尽粮绝。有时候脑子会跳出一个念头——我干脆生一场重病吧，这样就可以不用两条战线同时作战了。只是，生一场什么病呢？我对着自己苦笑一下。如果是头痛感冒，无论你当时发多么高的烧，哪怕咳嗽得快吐血，人人都知道用不了几天就会慢慢康复。这个病太轻了，达不到目的。要不得心脏病吧？细一琢磨，不行啊。心脏病是看不出来的，只有用心电图等仪器才能诊断，跟一般人说不清楚。就算你把心电图贴成大字报，别人也会说你一个当医生的人，没准是自己攒的呢。心脏病被否决之后，我想，要不，就得肝炎吧！倘若眼珠子都黄了，谁还能说你是装病呢？！这个念头刚一冒出来，就被立马枪毙。不成不成！这病太严重了，万一转成慢性的，就会变成肝硬化、肝癌……遗患无穷。再说啦，这病有传染性，会给家人和同事同学带来很多麻烦，不妥不妥。这也不行，那也不行，要不然，就得个椎间盘突出？这个病也是个慢性病，人人都知道要好好休息呢！再一思忖，不成。如果真是躺倒了，卧床不起，班自然是不用上了，但还怎么上学呢？

胡思乱想一阵，脑子也迷糊了，就昏然睡去。梦中还在想，如果有一种病，看起来很严重，但对自己的重要脏器没有太多的损害，别人又能一眼看出你病了，那就好了……

几乎每天都是在困倦和焦虑中度过，不过只要太阳升起来，我就精神抖擞地奔跑在路上。有一天，我像往日一样早起，刷牙的时候，突然没有法子鼓起腮帮子漱口了，水顺着嘴角滴滴答答向下流淌，顺着我的脖子流到锁骨上的凹陷处，然后洒落在衣襟上。在我还没想明白这是怎么一回事的时候，十岁的儿子走过来，奇怪地看了我一眼，说，妈，你不要做出鬼脸来吓我……我觉得事情有点不妙，赶紧去照镜子。这时我爱人正好看到我，他说，你的右半边脸，好像一张门帘似的垂了下来……

我已经走到了镜子前，在镜子中，我看到了一个口歪眼斜的女人，眼睑下垂，鼻子向一边耸着，嘴角夸张地耷拉着，一行口水亮闪闪地坠……

这就是我吗？疲惫我早就知道，脸色不好我已早有心理准备，但是，这张歪鼻子斜眼的丑陋尊容，还真是吓了我一跳。

我是个训练有素的医生，马上就为自己做出了诊断——面神经麻痹。我并不慌张，按部就班地去吃早饭。这个平时很简单的动作，现在变得十分困难。我喝的粥都洒了出来，弄脏了衣服。我吃进嘴里的一根咸菜，不知怎么搞的，到了那不听指挥的右颊，其结果是既不能咀嚼，也无法吐出来。

半边肌肉麻痹，仿佛一群军事政变的叛兵，根本不听指挥。百般努力劳而无功之后，我只好把手指洗干净，挖进牙齿和腮帮子的缝隙，才算把那执拗的半根咸菜掏了出来。一边眼睑完全失控，不能眨眼。眼球裸露的时间久了，十分酸涩，我就要用手指把眼皮抹下来，仿佛在为死不瞑目的人收拾残局。不同的是，死人的眼睛闭合之后，就不必再睁开，但我还得注视世界。眼球得到休息之后，眼睑无法自动打开，我必须再用手指帮忙，把上眼皮揪起来，如此才看得见路。

虽然多了若干规定以外的动作，我还是赶在平常上班时间之前，把自己和家务料理清楚，送孩子上学，然后骑上自行车到厂里上班。唯一不同的是，当时正值冬天，半边嘴唇麻木不能合拢，冷风冲灌，我戴上了口罩。眼肌罢工，不能正常眨眼，我目光炯炯直视前方，尘风吹袭眼球。抵达卫生所的时候，我泪流满面。

同伴们惊奇地问这是怎么了，最先他们还只注意到我的眼。我拉下口罩，一言不发。我想看看自己的诊断是否正确，医生们一致惊呼起来，你是不是中风了？

我笑笑说，没有那么严重吧？

众人匪夷所思地望着我。我后来才意识到，面神经麻痹的人的笑容是十分诡异的。功能正常的那一侧面肌群，由于对侧的无力，相比之下变得很强大，把脸颊向本侧高度牵拉。其结果是半边脸僵化如铁，那半边脸则直向耳朵根聚去，形如骇人的破损面具。

有人说，毕淑敏，求你别笑了。赶快上天坛医院，那儿是国内脑科权威，要知道有些面瘫是颅脑病变的前奏。我说，今天还有几项工作，我处理完了再走。

头有点眩晕，手有些无力，我戴着口罩，一丝不苟地完成我应做的工作。这时候，同伴们为我安排的救护车已经在卫生所外等候。我说，我可以自己坐车到天坛医院去，面瘫并不是危症。

大家说，可你是卫生所所长啊。咱们连这点便利都没有吗？况且现在并不能肯定你就是单纯的面瘫，若是颅内和脊髓引发的病变，当然也算急症了。

我说，同志们啊，厂里只有一辆救护车，车间里炉火正红。谁知道什么时候就会出铜水四溅、车床伤人的事故！如果真是在我使用救护车的时候，出了危难情况，要用救护车急送病人，可车被我占用了，事后一追查，我只不过是个小病，耽误了工人的重伤。你们的好心，岂不毁了我一世英名？

同伴们只好不再坚持。待所有的繁杂事务都告一段落之后，我自己坐公共汽车到天坛医院去看病。神经科的医生说，他们可以肯定已经出现了面神经瘫痪的所有症状，但还要查一查原因，排除颅内肿瘤和感染等原因。

我安安静静地完成一系列的检查，脑海中却很平静，我知道我终于可以休息一下了。在拍完颅脑的CT片子之后，医生嘱咐我暂且回家静养，如果病情加重，出现肢体的麻木和瘫痪，速来急诊。然后，他给我开了大量的激素和数周的病休。

我走出医院，仰望苍天，深深地吐了一口长气。我直觉这是我的身体为我找到的一个理由。我得了一个病，这个病，人人都可以一眼看出来，不用我多做解释。对于一个女人来说，容貌是非常重要的事情，我已被疾病毁容，人们会生出同情之心，不会怀疑我是诈病。最重要的是，我有了请假条，可以名正言顺地不再履行工作的职责了。

我为此付出了巨大的代价，吃了很多激素（为了阻遏面神经的继续病变，当时对付此病唯一有效的方式是使用大剂量激素），体重大增。为了让斜的口眼早日复位，一日数次用艾条熏面颊，用四寸长针贯穿穴位，半边脸糊满了黄鳝血……想起来，一定是面目狰狞，不堪入目。

我每天戴着口罩去上课，以至于很多年之后，有的同学还说，对毕淑敏的印象嘛，她总是戴着口罩上课，生怕人家不知道她是医生似的。因为嘴唇不能闭拢，上英语课的时候，我屡屡发音不准，老师以为我不用功。我后来悄悄找到老师，取下口罩让她看了看我的嘴脸。她闭了一下眼睛，说，好吧，毕淑敏。请放心，以后课堂上，我不再提问你了。

我的脸，在我文学研究生课程结束之后，才基本复原。我不知道这是不是我的身体对我的一个回报，它让我因此得到了一个喘息的机会，得以完成我的学业。不然的话，我很可能就要中途辍学了。

拉拉杂杂写了这么多，我想说的核心意思是——我相信我们的意志会强烈地干扰我们的身体。其实啊，我们的身体是那么可爱，它的智力水平有点像一个孩童。它很想表现得乖，让我们的思想和意志满意。它甚至听不懂哪些是反话，哪些是气话，哪些只是一时的意气用事，并不需要当真的。它没有这么复杂的分辨能力，它还比较原始，相当于人类进化的早期。很多时候，它以为是在帮我们的忙，其实造成了巨大的痛苦和后遗症。当然，我们也常常会从中获利。

不过，若是今天我再遇到读书和工作相冲突的事情，我不会让身体付出那么惨重的代价。我会直接找到领导申明困难，也许放弃学业也没有什么了不起的，毕竟来日方长，不必让身体用这种惨烈的形式发言，才为自己赢得了喘息之权。

身体本来是想时时刻刻把自己的变化和感知告诉人们，可惜人们不重视。因为婴儿的表达常常被忽视，于是他们也学会了忽略自己的感受。说起来，在感觉的灵敏度方面，我们早已退化，输在了动物后面。证据之一就是我们只能凭借仪器预报地震，还常常不准。但蛇蟒鼠类，却早有预知。

亲爱的朋友，请你充分认识到，我们的身体无时无刻不在倾听着我们的吩咐，预备着不遗余力地帮助我们。虽然这个忙常常是倒忙，帮不到点子上。但这不是身体的过错，是我们整个系统超过了负荷，又没有找到有效的解救方法。身体就像雪灾中的电塔，一层层冰凌覆盖，终于在某个时刻，轰然倒下。如果早一点儿除冰，结局就很可能不一样了。

提防你的心理医生

谁都不是谁的女娲石，离了谁，天都不会总是漏着。

女娲是补过天的。当初笼罩万物不可一世的苍天，都曾漏过，还有什么事情不可以有缺憾呢？世界上还有什么事情值得惊讶呢？

每个人头上都有自己的一方天，我们的天也会漏，漏下风雨，漏下冰雹，甚至还会漏下鲜血，漏下妖魔。漏了就要补，自己炼出五彩石，自己蹬着山顶来补天。

悦纳自身。这是一条安身立命的法则。珍惜你的智商，但不要无限度地挥霍。就算你有盖世的聪慧，如果宣泄渠道太多的话，才华必涣散。你还记得激光吗？凝聚为那样锐利的一点，才能达到极高的速度。

无论是自然科学还是人文科学，它们的出发点和最终归宿，永远都应该是对生命的挚爱。

我觉得有三门科学和生命靠得最近。一个是医学，这是不言而喻的。还有一个是心理学，这几乎也是不言而喻的。心理学和医学，是与每个人都密切相关的科学。你可能要说，哪一门科学和人类不是密切相关呢？如果从宏观层面来说，的确每一门科学都和我们息息相关，但细分起来，比如研究遥远的太空白矮星，就和普通人关系不大；比如研究远古时代就灭绝了的某一种恐龙，也和今天很有隔膜。心理学和医学就不同了，每个人都沉浸其中，你逃不掉躲不开。

还有一个是文学。文学就是人学，这是一句几乎说滥了却千真万确的话。滥话有时是真理的通俗版。

我有幸学习了这几门科学。最好的科学，应该始终贯穿着对生命无与伦比的尊重和喜欢，就应该传递一种春风拂面的感觉。可以有顿挫，但必定要保持着和正常体温一样的和煦温暖，不可以冷血，不可以佶聱难懂，不可以炫目。殊不知，所有的心理现象都发生在活生生的人身上。心理学必须和实际非常紧密地结合，真正对人们的心理健康有裨益，否则就是屠龙之术纸上谈兵。

深奥的心理学学说，应该低下晦涩的头，以大众能够听得懂用得上的方式，进入寻常百姓家。从本质上讲，心理学同医学一样，都是人学，每一个人都和这门科学息息相关。如果临床心理学让人几乎弄不懂，那不是普通人的过错，是心理学家的耻辱。理论和拗口的术语并不是一回事，理论是必要的，它应该给我们带来新的思路和信息，但拗口的术语与现实脱离就是隔靴搔痒。术语通常是一种权力象征，有人之所以要喋喋不休地喷吐术语，意在强调自己的权力。不要把心理学变成高高在上的玄学。

在物理技术的威胁之外，心理技术的威胁通常被忽略了。也许比原子弹的存在更为危险的，是导致人性堕落的心理技术。

所以，有的时候，要提防你的心理医生。心理医生并不是万能的，也并不都是好人。像世界上的任何一个行当一样，这里面，也潜藏着害人精。比如，从前我们说教师是人类灵魂的工程师，以为他们都高尚和诲人不倦。现在这神话被击碎了，人们不再迷信。从前说医护人员是天使，现在不断爆出有披白大褂的豺狼混迹其中。心理医生这行当，也必有败类，你可要当心。

人生的九大关系

我的一篇散文《我很重要》被收录到中学语文课本中，并多次在考试卷子中出现过，关于它的中心思想、段落大意、修辞手法等技术问题，也成了若干语文老师和我探讨的题目。说实话，我对于分析自己文章的内涵和技巧，噤若寒蝉。写的时候只是有感而发，完全不曾想过如何剔骨抽髓地来分析它，经常被问得张口结舌，像极了那文章本不是我所写，不知从哪儿抄来的。

曾经接到过一位中学语文老师的信，和我商榷此文的中心思想。他的大意是说：这篇文章的主题思想本来是想说每个个体都是很重要的，但立论的方式和论据，却都是说我们在相互的关系中是多么重要，这就成了一个悖论。他认为：一个人，即使不在任何关系中，也是非常重要的。

我明白他的观点，但我无法想象人可以不在关系中，就如无法想象一条活蹦乱跳的鱼，可以在水之外遨游。

我们所有的人，终其一生，都是在各种各样的关系中搏杀。听一位美国心理学家讲授抑郁症的发病机理，他认为：所有的心理障碍，都是因为关系出了问题。

关系无所不在。人的关系基本上可以分为以下九类：

1．自我：这比较好理解。人和自己的关系，是所有关系中最彻底最主轴的关系。

2．父母：没有父母就没有我们的肉身。父母和我们心灵的关系，也是无与伦比的密切。

3．兄弟姐妹：这似乎不难理解。就算是中国现在实行独生子女政策，人也依旧会有情同手足的友人。如何看待和自己年龄相仿的同时代的人，肯定是逃不脱的重要课题。

4．异性：哈！不言而喻这个关系的重要性和复杂性，古往今来已经谈论过太多。然而，谈论得再多，也比不上实际情况复杂。

5．子女：和异性结为亲密关系之后，如果没有特别的措施和意外，我们就会有子女。那么，你崭新的历史篇章就掀开了。这个关系，对某些人来说，简直比数十篇学术论文还要复杂，够你一生殚精竭虑呕心沥血的了。

6．同侪："侪"这个字，好像有点遗老遗少的味道，现代人似乎很少用。字典上查，此字含义很简单，就是朋辈。人不可能没有朋友，做任何事，都要学会团结，都要学会合作，和自己的同辈人团结，应该是人生的必修课，要学会炉火纯青地处理这档关系。

7．大自然：哦，这个关系的重要性，就不用我啰唆了。要是处理不好，付出的代价就是像恐龙一样灭绝。(当然，恐龙灭绝的责任，不由它们自己来负。)

8．死亡：和死亡的关系，是所有关系里最确定无疑的，谁也躲不掉，无论逃到哪里，如何乔装打扮，死亡最后都会不动声色地把你捉拿归案。既然迟早一定要见面，处理好了这个关系，你就能更好地享受生活。处理不好，死亡以不速之客的身份，猝不及防地来访，你堵着门不让它进来，它也一定会神通广大地破门而入。那时，没准备好的人会惊慌失措，会后悔还有那么多的事情未曾完成。为了从容走完一生，这个关系是一定要处理好的。学会和未来的死亡和平共处，直到你跟着它走的那一天。

9．宇宙：人和宇宙的关系，表面上看起来，好像不如前八大关系那样，和我们的日常生活密不可分，其实，不然。你每天晚上仰望星空，那就是宇宙在和你对话。宇宙是比大自然更广大的范畴，它将考验一个人对那些无比壮阔无比悠远的时空体系的尊崇之心，它将让我们一己卑微短暂的生存和一个雄伟壮丽的体系发生连接。我们从那里来，也将回到那里去。看看宇宙，再看看自身，自豪和悲怆像豆荚中孪生的豆粒，如此新鲜多汁浆液饱满。它看似脆弱，实际上正是对付日常琐屑事物最行之有效的金刚铠甲。

九大关系，我们若能得到及格分数，人生就安然了。

你知道大脑里有『哑区』吗？

人们日常活动的百分之九十来自习惯和惯性。改变它们的动力，藏在我们的潜意识里。不要急，心理的洁净，也要渐次完成。

潜意识的力量更需要和谐统一。它们原是一群乌合之众，是在你不能控制和无察觉的状态中，占据了你的大脑皮层，生生不息。有一部分还是集体无意识，简直就是神秘地潜藏在你的基因中，如同你的相貌一般，与生俱来。除了照单接受，你别无选择。

无意识是一个黑暗的王国，却在百分之九十以上的时间里，主宰着我们。难道你不想进入这个王国，看看它的疆域和版图吗？即使没有阳光，也要有火把。实在什么都没有，有萤火虫的微光，也强似在黑暗中盲人瞎马夜半深驰。

整合你的无意识，将散兵游勇训练成骁勇征战的兵丁，是你的职责。否则，你就永远是它们的奴仆，无甄别地听从它们的号令，那你可就惨了。

在你的内心深处探索并确定它们的真正爱好和需求，引导你的行为和意识达到高度的完整和协调，你的力量将迸发光芒。

特别佩服弗洛伊德潜意识的理论。按照这个理论，在我们的身体里面，还住着一个黑暗王朝，它就是我们的潜意识。它蹲踞在幽暗中，既庞然大物又虚无缥缈。当年做医学生的时候，听老师讲解大脑皮层的构造。哪一个区域是管嗅觉的，哪一个区域是管语言的，都分得清清楚楚。不过，仔细看过去，却又心生疑问。将所有已知的区域都计算下来，并不能覆盖整个大脑皮层，还有辽阔疆域，不知道是干什么用的。我问导师，余下的这些地方是管什么的？导师说，那些地方叫作“哑区”。就是在普通的研究中，找不到它们具体管辖的功能。如果你的脑子里长了个瘤子，假若长在语言中枢，我们平常叫作“布洛卡区”的地方，就算脑外科医生成功地取出了你的肿瘤，可是你却从此不能说话了，你丧失了语言的功能。如果瘤子长在哑区，切除之后，表面上看，这个人并不会发生明显的改变……这就是哑区名称的由来。

真的是这样吗？我心生疑惑。大脑乃寸土寸金之地，哦，不。用寸土寸金哪能表达大脑的金贵？简直就是“寸土寸钻”才勉强相当。要害之处哪能容得这般荒芜寂寥呢？

临床医生们在为患者的脑瘤长在哑区而欢欣鼓舞之时，并不负责解答哑区是干什么用的这个问题。

我至今没有找到潜意识和哑区关系的确凿表述。资料常常说“我们的大脑中还有百分之九十的区域没有开发”。同时又看到另外的说法，就是“我们的显意识大概只占人的整个能量的百分之十，其余的百分之九十都属于潜意识，在我们的意识之外存在着”。

这两个百分之九十之间，有没有什么冥冥之中的缠绕？

允许我做一个大胆的推测。大脑中没有什么哑区，所有的区域都在发出自己的声音，只是我们有的能听到，有的听不到。哑区中住着我们的潜意识。你虽然没有听到它的声音，它却没有一时一刻是沉默的。它用自己的方式强大地影响着我们的情感和行为，只有我们自己还蒙在鼓里。

也就是说，如果你真的把自己的潜意识调试好了，把它们整顿和领导起来，你和你的自我意识达成高度的协调，你就走在了趋向完美的道路上，你就渐渐掌握了异乎寻常的能力。其能量的强大威力，会让我们惊喜不已。有个成语，叫作“以一当十”，从前总觉得那是夸张。就算真有这般悬殊，恐怕也是拿彪形大汉和弱不禁风的衰人相比，他们或许在体力上有此分别。现在用于潜意识被开发出来之后的结果，这个账就好算了。显意识只占百分之十，成就了此刻的你。如果把潜意识中百分之九十的能量都发挥出来，当然就是九倍的勇气和智慧，你就真正地“以一当十”了。咱们共同为这一天而努力吧。

而心理治疗的神秘之点，就在于影响个案潜意识的心理模式，包括其价值观和行事法则的渐变或是突变。潜意识的重组，才能促成对方有效而持久的进步。

神秘吧？

划分你的人格

我很喜欢一位美国女心理学家对人格的分类。

说起人格这个东西，看不见摸不着的，但又和每个人都息息相关。女孩子要是喜欢某个人，通常会说这个人有人格魅力；要是鄙夷以至唾弃某个人，就会说，这个人简直丧失了人格！我们若是指控谁没有人格，那就几乎是说他是不齿于人类的狗屎堆……可见，“人格”是非常重要的东西。

关于人格的分类，从古希腊时代就开始了，大家一定都学过什么黏液质、多血质的分法，也一定往自己和身边朋友的身上套用过。我当初也兴致勃勃地尝试过这分类，虽然有趣，但似乎不大准，就不再把它太当回事了。

心理学家对人格的分类，从来没死过心。一招不成，再来一招，前赴后继地分下去。林林总总的人格分类法，让人眼花缭乱，到现在，据说已经有近百种体系。其实人格是指每个人具备的心理类型，它控制着一个人的情绪、行为和决定，有一定的规律可循，具备一个完整的系统。因此，它是可控的、可重复的，也是可以预测的。对于一个正常人来说，人格这东西，只有一个，就像我们的血型，每个人必须有，一人一个。如果人格多了，可不是什么好事情，那就成了病态。你有两个人格，就叫作“双重人格”。如果有更多种人格并存，就叫作“多重人格”。医学上管这后一种状态叫作“获得性身份识别障碍”，属于精神科的棘手疾患。

好了，咱们不说病人，还是说说咱们正常人。关于人格划分的方法，有很多种，各有各的道理。人格这个东西，有比血型还复杂的地方，就是没法用医学的方法测定。比如你要是想知道自己是什么血型，到医院里，刺出一滴血，几分钟时间就可以得到准确的结果。你出了这个医院，到世界上的任何一家别的医院，查一查，还是这个结果，不会变化。但是人格就不同了，至今还没有找到一种方法，可以如此简便快捷地查出人的人格分类。

我说的这种人格分类法，非常简单，好学好记。我试着用它给周围的人分分类，还挺好用。在这里呈献给大家，以供参考。

人格共分为四类：

第一类：道德卓越型。

这一类人，以追求道德操守的高尚为自己终生的目标。他们可以为了一个理想和众人的福祉，甘冒流血牺牲的危险。在任何艰难困苦的情况下，都有坚持的毅力和勇气。

记得早年间读过高尔基所写的《丹柯的故事》，年轻的丹柯引领着饥寒交迫的人们穿过密林，当人们疲惫不堪怨声载道的时候，丹柯怕人们走不出密林，英勇地撕扯开自己的胸膛，把燃烧的心变成一支火炬，打开求生的通道。当人们终于走出森林，看到霞光的时候，丹柯死了。被他拯救的人们反而用脚把他破碎的心踩灭，迸溅出蓝色的火星……这故事中的丹柯，就是这种人格的人。

第二类：领导控制型。

这种人是很容易识别的。你抬头望望，周围的领导大部分都是由这种人组成的。而且我觉得如果你骨子里是这样的一个人，想不让你当领导都不容易。如果这样的人当不上领导，他们会牢骚满腹指东道西，满身都是怀才不遇的怨气。这种人如果道德操守冰清玉洁，勇于承担并意志顽强，我非常愿意他们披荆斩棘地站到领导岗位上，不推诿敢担当，能够忍受常人不能忍受的精神磨难，不避艰险地为大家负起繁重的责任。

第三类：表演型。

这比较好解释，也比较好找例子。比如演艺界的人，基本都是这个类型。如果他不是这个类型的人，当了演员，就是阴错阳差，自己痛苦不说，也成不了好演员。我以前不知道天下有这样一类人的时候，对周围那些特别爱“人来疯”的人，颇为不解。觉得他们是爱出风头，爱吸引人注意，爱惹是生非，爱表现自己……等知道了这是一类人的特点，也就宽容了许多。这就像有的树高大笔直，有的树婀娜多姿；有的是乔木，有的是灌木。人类是从远古走来的，那时就有领唱号子、表演舞蹈的人，他们的后代沿袭至今，以娱乐大众夺人眼球为追求，也算得源远流长的接力赛了。

由于现代通信手段的快捷，我几乎觉得一个好的运动员，也要具备一些表演的天分。也许以前这一点还不突出，因为只要你埋头苦练体能出众，心理素质好，胜算就比较大。现在不成了，无数人盯着你看，运动员在某种程度上成了演员，奥运男子百米冠军博尔特，就把赛场当成了舞台。今后的竞技体育选手，要是没有一点儿表演型的基因，要成为超一流的选手，可能比较吃力。

第四类：舒适型。

这一类人，把个人的感受看得比什么都重要。他们期望安稳惬意，常常放弃人们认为的高官厚禄，只图自己的清静安适。当然了，在必要的时刻，他们也会冒风险和舍得付出，但这通常需要强大的理由。他们很清楚自己是做出了牺牲，是违背天性了。一旦条件有所变化，他们有机会摆脱这种艰苦状态的时候，就会扬长而去。

我不知道这四种分类是否可以囊括所有的人。要知道，任何一种分类法都不可能包罗万象，都是不完全的，都能找出特例。尤其是人性的复杂和丰富，更使人格的划分变成一件费力不讨好且危险的事情。不过我们依然需要这样的划分，它会使世界变得比较简单明了和有规律可循。也许那种把人划分出几十种类型的分类法，更让人觉得玄妙和尊崇，但我还是觉得真理往往是简单的。

当然了，人不是河流，不会泾渭分明。具体到每个人，很可能是兼具两种类型甚至更多型的“杂交”。可我还是相信，总有一种类型是其人格的主要方面，其他则是次要方面。

扯了这么远，回到咱们的话题。如果你所找的配偶，是道德卓越型的人，你要评估一下自己是否也是这种人。道德卓越的人，远观是很容易让人敬佩和仰视的，但真正成为一家人，你就要接受他们把众人的利益看得比你更加重要这样一条铁律。你不能做出一个判断——他对外人都那样好，对我一定会更好。不，不是这样的。当你和他结为一体的时候，他的确是不把你当作外人了，他把你当作自己人的方式，就是让你同他一样付出，一样奉献。他把自己置之度外，当然也会把你置之度外，对这一点，你可要有足够的思想准备啊。如果你不能接受，就会爆发出很多矛盾，你会委屈，会觉得自己在他眼中，为什么还不如一个外人？那是由他的世界观和方法论所决定的，与你的重要性无干。

对于总是牺牲自己亲人利益的人，你要三思而后行。这种人道德高尚品质卓越，除非你也是一个这样的人，否则，不要嫁。因为这种品质就像稀有的艳钻，如果你没有“绝世美貌”可以匹配，就要量力而行，甚至退避三舍。

查查你的归属感

心理学家阿德勒说过："人最大的需要就是归属的需求。"

如果你觉得自己乱成一团百无一用，很大的可能就是在这上面出了问题。归属，这是太不可忽视的内心需求，尤其是小孩子，如果他没有培养起正常的归属感，一生都会摇摆飘零。

有人四处走动，是为了寻找一个温暖的地方留下；有人不断告别，是因为没有谁能挽留他的脚步；有人不断超越，只因为梦想的指引无法止息。

归属，是人的第二生命。这一点是早期人类社会遗留给我们的集体无意识，你无法抗拒啊。

当然了，从那时到现在，几万年过去了，我们已经不怕被踢出一个山洞而无法生活，但恐惧依然强大地存在于每一个细胞之中，甚至能彻底动摇我们的自信。比如发言恐惧，就是常见的例子。很多人以为这毛病是胆子小，其实不然。人们尽可能地不在集体场合发言，以避免被人视为异类，就是归属感缺失的孑遗之一。因为如果你说出的话和众人不符，你就等于宣战。

把很深的想法，用很浅的话语说出来

有一个秘密：当你开始接受一个新的观点的时候，你以为自己已经忘记了你以前习得的其他不同的说法，但那是不现实的。

不经过艰苦的放弃，以前的观念不会轻易退出，因为它们已经深入到你的脑子里了。

把很深的想法，用很浅的话语说出来，这是有能耐的表现。

让人轻松的东西，比较容易进入他人的思维系统。如果太复杂太一本正经了，很可能从一开始就发生抗拒和逃避。再好的理念，也被隔绝。一个好的框架，只有进入了对方的大脑沟回，驻扎在那里，潜移默化地变成了行动，才算真正有效。

自我意识是人一辈子的功课。在这个过程中，充满了挑战、选择、挣扎和改变。在这个时间段中，我们将尝试我们可能达到的高度和广度，铺排我们的生命状态可以怎样绚烂多姿。

当然了，你也可以选择退缩和一事无成，那样的话，你就和一个丰富的生命无缘。当你要离开这个世界的时候，你会遗憾自己有那么多的想法未曾实施，大幕就已悄然闭合。

寻找你的金字塔

如果你期待自由，那么女人真正的自由，不在于拥有多少金钱，而在于拥有多少自由支配的时间，并且同时还能有饭吃有衣穿有房子居住，并且享有创造和尊严。

我特别喜欢美国人本主义心理学家马斯洛的“人的需求的金字塔”理论。我觉得这个发现的重要性，简直就相当于物理学界的相对论。其划时代的伟大意义，怎样估计都不为过分。大家对这个理论可能都已经有了解了，也许有人记忆中不是太清晰，容我再来复述一遍。

我到过埃及，当我真正站在金字塔旁的时候，举目四望，苍凉的大地上，金字塔如同蹲坐在地上的巨兽，稳固坚定尖锐。它的底盘硕大无朋，扎实得如同从大地上生长出来的山脉。越往上走，它越显出某种锐不可当的昂扬，直刺苍穹。

我猛然间就想到了马斯洛的理论。

心理学很有趣的一点，就是假说无法证明。迄今为止，潜意识是化验不出来的，“本我”“自我”“超我”，并没有相应的正常值标准。你无法拿出翔实的数据，说一个人的收入到了怎样的一个界限，就是完成了心理需求的第一阶段。你也没法子把某个人的血液化验一下，以确定他是否具有完成创造性思维的潜质。一切都那么含糊不清，又那么铁证如山。比如有的贪官财产已经成千上万，但他还是疯狂地敛财，那些钱也并不消费，只是存在暗室中，好像一个超级守财奴。我看到过一个报道，说是某贪官每天都要数钱，如果他当天收受的贿赂没有到达一个标准，他就惶惶不安，觉得自己虚度了时光。如果用金字塔的理论来衡量一下，这个人是完全没有安全感的。

好吧，让我们再回到人的需求的金字塔面前。

在最庞大的基座上，是人的生理需要。在连最基本的温饱都没有解决的时候，人真的很难顾及其他。也许有人在这种情况下能够放眼世界，考虑万事万物，那就是圣人了，是我们这样的普通人不可企及的。一般的规律是——当我们的生理需要得不到满足的时候，别的高层需要都是镜中花水中月，痴人说梦。

好了，金字塔有了第一层，之上就是安全的需要。这一层需要比较好理解。有了钱，马上就要在自家安装防盗门，当一贫如洗的时候，常常是夜不闭户的。更有甚者，有了钱，就觉得原来下里巴人的住所不安全了，要搬到有保安和二十四小时监控设备的高档小区。反过来的例子也比比皆是，比如常常可以在桥梁的涵洞里和空旷的马路边，看到一个流浪汉睡得十分香甜。人们常常不理解，说这里多不安全啊，他怎么还能睡得着？！但事实就是，他不但睡着了，还鼾声如雷。这如何解释呢？用马斯洛的理论就很好解释。因为他的温饱都没有完全解决，所以，他顾及不到安全。

如果安全问题解决了，后面就是爱的问题。有人也许会说，食色性也，爱为什么不放在第一层次里？

我的理解是，爱里面包含着性，但爱绝不等同于性。真正的爱，只有在生存和安全的需要满足之时，才会生发出来，才能有最稳固的温床。如果仅仅是为了繁衍的需要而发生的性活动，是不能称之为“爱”的，那只是一种动物本能。

曾有房地产商，说未婚女青年对房价的快速上涨有推动作用。他倡议年轻人先租房来住，待生活事业都有了进一步的发展之时，再来买房。我对于房地产完全是外行，隔岸观火般地看房价起落。我每天会看一档做饭的节目，这个节目之后，是一个征婚的节目。有时候上一个节目完了，我正在接电话或者有旁的事情打岔，就没来得及换台，便看到了征婚的若干信息。房地产商人说得不错，果然是未婚女青年在征婚要求中，几乎千篇一律地要求“有独立住房”。试想一下，一个刚刚参加工作的男生，到哪里去占有独立住房呢？所以，这个条件，明摆着就是看你的家庭是不是有财力为你置办房产，就是“啃老”了。

其实，设身处地为女青年想想，我觉得这是她们对安全感的一种要求。女性总是格外需要安全，这不仅是因为她们与男性相比，力量比较匮乏，也因为还要肩负孕育和哺乳的担子。这需要房子居住，也是人之常情。

好了，回到咱们的话题。在安全和爱之上，就是人对于尊严的需要。这一点，请你务必记住。尊严是精神的维生素，是万万不能缺少的。中国原来有句老话，叫“人穷志短，马瘦毛长”。解放以后，是穷苦人民当家做主，觉得这句话伤了穷人的自尊心，就不怎么说了。其实这话里有一种残酷的潜规则，就是一个人在饥寒交迫的时候，是很难顾及尊严的。你可以吃人家唾弃的东西，也顾不上起码的礼节……这都不是耻辱，不过是随波逐流见机行事。人是不可能超越客观条件的，起码对一般人来说，是这样。

一个人要是丧失了尊严，是非常可悲的事情。一个家庭要是丧失了尊严，就会被千人所指。一个国家要是丧失了尊严，就叫作丧权辱国，奇耻大辱。

对一个女子来说，我觉得尊严感更为重要。可能有人觉得女子是较弱的群体，力气小，担任的职务通常比较低，以为她们就会对尊严感比较迟钝，这是大错特错了，尤其在感情方面，女人是敏感而又自尊的。

一个人可以和自己的血液分离

其实，天堂和地狱的距离，并不像人们想象的那样大，它一点儿也不遥远，都在女人的心中。一个人就可以让你上天堂，一个人也可以让你下地狱。

看了这句话，很多人就会想到是别人让自己上了天堂或是下了地狱，其实，我指的这个人就是你自己。

很多女人常常觉得是某一个男人让自己幸福或是不幸。表面上看起来，有的时候的确是这样的。同学聚会，你能看到某个女子简直是泡在蜜罐里的杏干，浑身都散发出蜂蜜的香气。可下一次，斗转星移，该女子就成了猪苦胆腌出来的黄连，凄苦得如同败絮。究其原因，都是因为一个男人的爱与不爱。当你依靠别人的力量登上天堂的时候，就要想到会有风驰电掣跌下的一天。所以，我看到依偎着的伴侣，就会生出担心。

你要上天堂，请自己登攀。

常常想，一个人的生存状态，就这样岌岌可危地取决于另外一个人吗？那个人是天堂和地狱间的吸管，能让你像液体一样在这狭小的管腔中来回流动吗？是谁给了这根吸管如此大的法力？是谁把你变成了哭哭啼啼的液体……

感情纠葛中，痴情男女所问的“为什么”特别多，多到让人厌烦。发问者必将寻求答案——这是一句古老的喀麦隆谚语。类似的话，在民间智慧中，屡屡出现。

有一个姑娘面对与恋人的分手，痛苦万分。在QQ上，恋人对她说，你是我血管中的血液，可我还是要和你分手。

女孩子对我说，他都说我是他的血液了，可见我是多么重要！我就想不通，一个人怎么能和自己的血液分离呢？那他不就立刻死了吗？！这说明他还是爱我的呀！

我说，不要相信那些理由。不要追问太多的为什么。有的时候，所有的理由都是借口。你需要接受的只是答案。

他说得很对，你是他的血液。可你知道，人流出几百毫升血液是不会死的。就是流出了更多的血液，只要能很快地输血，人也是不会死的。真正死亡的是那些流出身体的鲜血，它们会干涸，会丧失鲜红的颜色和蓬勃的生命力，成为紫褐色的血痂。

那个女孩子愣了半天，最后说，哦哦，我不再问为什么了。我从现在开始储备勇气，去迎接那个结果。

向大珍珠母贝和好葡萄学习

如果一个女人的招牌菜不是美貌而是善良，那么她的魅力可以持续到生命结束之前，只要她不得老年痴呆症或成为植物人。

在澳洲，生活着一种大珍珠母贝。珍珠是世界上唯一一种来自活体生物——牡蛎的宝石。牡蛎已经进化了五亿年。一只勤奋工作的大珍珠母贝，在八年的寿命中，可以繁育出四颗珍珠。随着牡蛎年龄的增长，它能容纳的珍珠也越来越大。这就是说，到了生命的晚期，这只牡蛎就有可能孕育出它这一生中最大的珍珠。

我希望年老的女人都如同大珍珠母贝，光华烨烨；也如同厚重铺排的织锦缎，安然华贵，不炫目，但可以收藏。不时抚摸着，粗糙的指肚勾连起陈年的丝缕，带出织就时的润泽。

女人年过三十，就要学会接受自己的容貌走下坡路这个事实。就像花瓣要接受凋零，越是盛极一时倾国倾城的美丽，越要面对春风不再的年轮变化。首先在理论上不害怕，然后在实践上安然接纳。人出生在这个世界上，并不是一件成品。你的很多方面，还有待完善。变老就是完善的工序之一。

“三毫米的旅程，一颗好葡萄要走十年。”这是一句广告语。想想看，一粒吹弹得破的葡萄都如此坚韧不拔，要从一个青葱少女变成睿智妇人，没有几十年的历练，恐也难修成正果——向好葡萄学习。

上天赐予没有强壮肌肉的女子两样战无不胜的伟大礼物，那就是思索和时间。

由于气候、智力、精力、趣味、年龄、视力等方面的原因，人的先天平等是永远不可能的。所以，不平等应该认作是颠扑不破的自然规律。但我们可以把这不平等变得不易觉察，就像我们把鱼和熊掌之间的差异慢慢磨平一些——说句实在话，我总觉得鱼和熊掌不在一个数量级上，不知道是不是远古的时候，鱼比较少熊比较多呢？

磨平沟壑，文化和教育能起很大的作用。女子要把学习当成最好的娱乐。学得多了，你就慢慢开始了思考。女子不要视时间为敌人，给自己一个良好的预言，你会惊奇地发现，希望之花一朵朵开放。

生活对女人的要求越来越高。你不但要像袋鼠一样敏捷跳跃寻找食物，还要有一个温暖的育儿袋。

很多受伤的女人就像一只疲倦的海鸟，它们飞了那么远的路，在羽翼低垂嘴角渗血的时候，仍然要不顾一切地回到自己的巢，呵护自己的幼雏。

对这样的女人，我们深深地鞠躬。

太寡言的男子，你要提防

在预测每一个人未来的能力时，每个职业测试都有语言能力这一项。

世界的发展越来越快，行业越来越多。隔行如隔山，这话是越来越灵验了。同时，人们彼此之间的交往，也越来越复杂和一次性。要让完全和你不相同的人，在短时间内明白你的心意，建立起可信任的关系，语言能力是万万不能忽视的。所以，越是冷门的专业，越要有良好的语言文字表达能力。

语言自身的净化和杀伤力，都是很强的。那些动不动就诉诸暴力的人，常常是语言功能不灵光的人。

不知道你注意没注意这个事实——爱动手的人，语言能力常常欠缺。这种人在语言之帆不能抵达的港口，就本能地操起了更为古老的肢体语言，这就是行为的暴力。当然了，语言功能占据优势的人，也不可以势压人，喋喋不休，这样就会形成语言的暴力。

语言的暴力，预防起来稍稍好一些，因为你还可以用棉花球塞上耳朵，过滤一些分贝。肉体的暴力，特别是由男子施加到女子身上的时候，后果却往往惨烈。

提醒一下待嫁的女子，如果看到对方不爱说话，以为他就是内心特别老实，值得信任，可要三思而后行。这两者并不画等号。而寡言，常常是暴力的前导。

很多人谈论的爱，只是一厢情愿

你一定会找到爱，但不是从你投射下爱的那个人身上，而是在你的心灵深处。

很多人在谈论爱的时候，其实说的不是爱，只是一厢情愿。

我以为，爱必须是双方的，因为爱的前提是平等。不平等的爱，充其量也就是怜悯。只有那种心心相印的平视的爱，才是真谛。

很多人只是把自己的想象附着在某个人身上，他们爱的其实并不是那个人，而是自己的想象。他们没有能力完成自己的想象，就假设一个人具有这种形象和力量，然后一往情深地涌泻自己的爱，实质是顾影自怜。

这种情感的诱惑力非常强大，本质是一纸魔鬼的合约。寻求这种结合的人，是依赖、谄媚、自我牺牲的人：承受痛苦，愿意为了得到结合的安全感为别人做任何事；得不到之时，就滋生出可怕的破坏力。

爱就是付出时间。拿出时间陪伴你的父母，拿出时间帮助你的爱人，拿出时间和你的孩子一同玩耍，拿出时间和你的恋人在一起……在这个越来越物质化的世界里，时间是衡量真情的一把铁尺。因为时间可以换来一切东西，但是一切东西都无法代替时间。

在人际关系或人生里，你都没有义务必须爱某一个人。如果一定要找到一个人值得你永远去爱，那就是你自己。

很多为爱苦恼的人，其实是在爱人还是爱己之间挣扎。真正的爱别人，是建筑在爱自己的基础之上的。因为是自己觉得这个人可爱，我们才开始爱他，这也是听从了自己的命令。

爱自己的人，才可能真正地毫无怨悔地爱别人。因为那是爱自己的一个决定。

尊重对方是爱情和友谊的前提

真正的爱情和友谊的前提，是尊重对方的自由和独立。我爱你至深，才接受你现在的样子，而不是我期望中你的样子。

你的爱人，爱的是真实的你，还是她或他想象中的你、希望中的你？这可是个原则问题。你一定要搞清楚，不要被甜言蜜语闭目塞听。这不但是对你自己负责，也是对他或她负责。

凡是不尊重你的人，不要和他或她成为朋友。

凡是不喜欢你独立的人，离开他或她。

不要等到心中的理想完全熄灭了，再在灰烬中苦苦燃起残存的火星，那样，损失的时间太多了。时刻保卫你心中最珍贵的东西，不要因为卑微或是苦难而放弃。心中有理想的人和没有理想的人，是完全不同的。前者不会彻底地悲观失望，而后者被打败，几乎是轻而易举的。

身体不是一匹哑马

人们对于自己的身体常常是麻木不仁。只有当生病时，才知觉到它的存在。你见过朝阳的升起，可你觉察过自己身体起落的潮汐吗？

怠慢自己的身体，是现代人的通病。身体真是好脾气，倘有一分气力，就苟延残喘地担当着，实在担当不了，才轰然倒下，并无怨言，人们给这情形起了一个名字，叫作“积劳成疾”。

可是，不能欺负老实人啊！身体是我们最好的朋友，你不能把身体当成一匹哑马，无尽地驱使它做力所不及的苦役。你要学会和自己的马儿喃喃细语。你会听到这匹老马有多少真知灼见，引导你生命的苦旅。

我们要学会轻松省力地使用身体，快捷向前。轻松省力地使用身体的诀窍就是——将身心统一，让身体和思想在同一个水平线上。当我们高兴的时候，身体就微笑；当我们沮丧的时候，身体有权利哀伤。

最要不得的就是，明明你不喜欢这个人，却让身体奴颜婢膝强颜欢笑。明明你喜欢这个人，却让身体冷若冰霜拒之千里。这不单是做人辛苦，而且让身体早生华发未老先衰。

善待你的躯体吧，它是你在漫漫征途中仅有的依靠。如果连它都背叛了你，你真要好好检讨自己的人生。要记住，身体是我们可以移动的世界。

压抑也许成癌

感觉是一切虚幻事件的核心。它从未确立过任何事情，但又和任何事情息息相关。情绪是埋在所有真实上面的浮土，不把它们清理干净，真相就无从裸露。

传统的教育，教导我们要忍让、要宽容、要忘却。然而长久的压抑会带来更大的反弹，积攒的痛苦如暴风骤雨袭来，霹雳能将我们击为灰烬。

没有哪一样事物，通过压抑，可以自然而然地消失。地球内部的压力，会通过火山爆发来释放；水库的压力，会通过堤岸崩塌洪水溃泻而释放；身体的不适，会演变成疾病，让你不得不全神贯注地解决；金钱的压力，会恶化成破产；感情的压力，会走向分道扬镳。所以，要学会循序渐进地释放压力，千万不要忽略了小的不安。它们摞起来，会把精神拧弯。

人们常常以为抑郁的人，是没有能量的。我们看到他们的时候，萎靡不振好似一团沾满灰尘的瘫软抹布。但其实，压抑是一种极大的能量，不信，你看抑郁的人，可以决绝地自杀，从高处一跃而下，这需要何等的胆量和执着。千万不要轻视了抑郁的人，以为他们没有能力改变。能量执拗地存在着，只是失却了方向，不是向外攻击就是向内攻击。

尊重你的情感，并不是要情感直接做出决定，而是尊重情感的波涛起伏；尊重你的情感不是压抑情感，而是疏通情感。中医说，不通则痛，通则不痛。先要将痛苦疏解开来。拧成一团乱麻般的情绪症结，简直就是毒药。用不着外界的纷扰，单是内心的混乱，就完全能导致崩溃了。该恨谁，就在心中将他诅咒千遍。可以用最恶毒的字眼，只是不要让别人听到。你救赎的是自己的灵魂，和他人无关。如果还不解气，就把一个抱枕靠垫或荞麦皮枕头当作替罪羔羊，扔到地上拳打脚踢，直到羽绒飞扬、遍地鹅毛也在所不惜，荞麦皮漏撒一地，就慢慢扫起。假如怒火还未消，就在纸上写上仇者的姓名，然后明明白白地写出：我恨你！恨你……

我教过一个朋友这招，他咂咂嘴说，做不来。

我说，为什么呀？这并不是很难的动作啊！如果你找不到安静的地方，我可以把自己的家借给你。哪怕你声震九霄，也没有人会听到。

他说，那不是像个神经病吗？！

我说，怎么会！你压抑得太久，已经忘了如何来表达愤怒。整天装在西装革履的套子里，已经没有真的血肉。接触自己最内在的情感，它既然存在着，就必有其合理的走向。就像当年大禹治水，不是围追堵截，而是疏导引流。现在，你的情绪像堵车一样塞在一起，神经通路已完全不畅通，哪能做出英明决定？听我的，开始吧。

他犹疑着说，这很不习惯。

我说，是啊，你已经习惯了掩藏和压抑。其实，凡是在我们心灵中存在的能量，无论是正面的还是负面的，压抑都是有害的。你压抑了正面的能量，本该你承担的义务，你偏偏躲闪；本该你做出的决定，你犹豫不决；本该你担当的职务，你假装谦虚拱手相让……你以为你这是大度，是高风亮节，是安全敦厚，其实不过是懦夫。而且那些被压抑的能量，迅速地凝变成了牢骚、怀才不遇、指手画脚、不在其位而谋其政，让人厌烦……这还算是好的，因为你把能量的矛头对准了外界。

更糟糕的选择，是缄口不语，把一切真知灼见藏在肚皮里，愣愣地旁观着这个世界，在无人的风口抚胸长叹。向内攻击的结果也是以自身为假想敌，罹患种种疾病……被压抑的能量化作钢刀，在胸廓之内到处乱戳。也可能跑到哪儿坐聚成块垒，就成了凶险的癌瘤。至于那些原本就是负面的能量，得不到宣泄，会更为虎作伥，肆无忌惮地向外攻击，最极端时变成了杀人的冲动也说不定。所以，情绪是万万压抑不得的，就像高压蒸汽，一定要给它找一个出口。不然，等着吧，爆炸是免不了的。

我所推荐的击打抱枕法，是一个简便易行安全可靠的方法。只要你养成了习惯，对于让你万分不舒服的事，直面相对，找到问题的症结，把脾气宣泄出去，你会觉得云开雾散月朗风清，精神就轻松了好多。

你可能半信半疑地说，好吧，我相信你一回，这样猛烈地自我发泄一通，情绪或许能平稳一些。但是，发泄完了，情况还是那个情况，现状还是那个现状，于事无补啊！

不！不是这样的！情绪遮挡着视线之时，能看到的出路是很少的，有时简直就是大雾弥天，日月无光。当我们安静下来，心灵的能量就渐渐呈现出来，就能发现很多被震怒的荒草遮掩的曲折小径。

你可能还是不信，希望你什么时候试一试。这法子成本不高，至多就是把抱枕摔散了，芦花四扬，也没什么了不起的。我就曾经把一个枕头摔断了线，之后心平气和地把断裂之处缝起，虽略损美观，并无大碍。

有人能摸索出其他适合自己的方法排解幽愤，这也很好。比如阿甘，他的法子就是跑步。无休止地跑，在步履交替的过程中，他慢慢疗治了自己的创伤。

怎么样，朋友？你找到了自己蒸发情绪的好法子吗？如果你已经找到了，恭喜你啊。这样你就比较能面对真实的自我，不会把自己压抑出癌症来。

在生活中排序的艺术

人如果能够区分事情的轻重缓急，生活就变得简单多了。

我有个很笨的毛病，就是在一段时间内只能做一件事。这让我非常佩服那些可以同时拿着几部电话，做出不同指示和表情的人。

我想天下有此禀赋的人，毕竟是少数。况且他们这样三心二意，在短时间内是可以的，长久下去，比如几十年之后，会不会罹患某种重疾，也不是我们现在就可以预料到的。所以，为普通人的健康和长治久安考虑，我觉得还是老祖宗传下来的“一心不可二用”，比较安全。

可我们生活中的实际状况是——经常好几件重要的事，肩并肩地挤进你家门。比如孩子要高考，工作已经限定了最后的日期，家中又来了亲戚需要关照，还有一个朋友在离婚关头，没完没了地要找你倾诉……

怎么办呢?

生活的艺术在某种程度上，就是排序的艺术。把所有的事情，捋一捋，标上个一、二、三、四，实在顾及不到的，只有在第一时间说“不”，这既是对自己的尊重，也是对他人的尊重。

比如上面列出的困境，依我看，第一是孩子高考，因为高考是人生的关键时刻。这个阶段，孩子无论在身体上还是心理上，都比较脆弱。孩子对于来自母亲方面的态度，会非常敏感。我是很看重家庭的女子，对我来说，我会毫不犹豫地把孩子的需求放在第一位。当然了，孩子考上大学以后，排序就有可能发生变化。因为他已成人，需要自己独立面对更多的事情了。

关于工作，我会暂时放在第二位。因为这世界上如果你不来做决定，就天塌地陷翻江倒海的工作，毕竟是极少的（除了你是CEO。我这里打比方的都是凡人琐事，不适用于举足轻重的人物）。我一直很欣赏一句话，叫作“地球离了谁都照样转动”。我想对地球来说，这句话是千真万确的。对于工作来说，基本上也可以成立。但对于一个孩子来说，离开了母亲的悉心照料，结局可能有很大不同，很可能“离了妈妈就不再转动”。

说到这儿，关于工作的事还没完呢。除了尽力而为，可以如实向上级领导汇报自己的困境，请求加大四面八方支援的力度。这样，就可以把对工作的影响减至最小。

对于家中来的亲戚，恐怕直言相告是个比较好的法子。当然了，要是丈夫家的亲戚，首先要在家庭内部统一看法，过好丈夫这一关。坦诚交流，让丈夫明白不能留住亲戚，并不是不给他家人面子，此刻顾及不到，待日后从容时再来补偿。千万不能自家闹起矛盾，后院失火，就雪上加霜了。家里和谐了，口径统一了，才好一致对外。对亲戚们委婉说明，正处于孩子高考的非常时期，家中需要安静，接待照料可能会有不周之处，并非是不好客、不欢迎，实在是心有余而力不足。然后附上一笔比较丰厚的礼金，请亲戚们到别处安顿。应允待高考完了之后，一定隆重款待，补上这次的遗憾。

有人可能会质疑这法子的有效性。说实话，我也觉得并非都能达到满意的效果。因为有些乡下的亲戚，满怀热望地来投奔你，你家是他们唯一的落脚点。碰到这种情形，难免失望，牢骚满腹，会说你忘了亲情。我完全能理解这种情绪，只是世上的事并无万全之策。

按照以上思维，考虑诸事顺序，并非定论。每个家庭的情况不同，每个人的终极目标也不一样的。比如一个以卓越的道德行为挺立于世，将众人的利益绝对放在高于一切位置的人，很可能把孩子高考退到比较次要的地位，而置工作第一、他人第一。

其他的选择顺序也是完全成立的。按照你的价值体系，将纷乱的局面做整理与安排就好。哪个在前哪个在后悉听尊便，倒是并没有一定之规。

好了，回到咱们的话题。现在，我们将面对那个哭哭啼啼的婚变中的女友。我觉得这可能是让人很困惑的一个决定。我的意见是，坚定地说："不！"有点绝情，是吧？但在此非常时刻，只有快刀斩乱麻。

依我的经验，恋爱和婚变中的女人，有千沟万壑的倾诉愿望，她们的电话可以在最猝不及防的时刻闯进你的耳鼓，完全顾及不到你的情绪。最善解人意的女子，在这样的情形之下，也变成了自说自话的扰人精。几乎是你把所有规劝的话都说尽了，她却置若罔闻没一丁点儿效用。或是此刻好像奏效了，转瞬之后，就土崩瓦解，一切又从头开始。最后你变得筋疲力尽，她却越战越勇，几乎成了你的索命三郎。

怎么办呀？我的经验是，如果你有足够的时间和耐力，陪伴着友人走过生命的泥泞沼泽，未必不是一件大功德。但是如果你的时间非常窘急，又面临着前述种种间不容发的困境，如果你真的没有精气神来应对这一艰巨任务，就不妨明示。

后果很可能是严重的。这种状况之中的女友，很敏感，很脆弱。她先是会不理睬你的安民告示，一如既往地袭扰你。当你再次重申自己的决定时，她会非常哀伤以致愤怒，口不择言……对此，你可要有充分的思想准备。最坏的情况，是她激烈地指责你的寡情，或者是一把鼻涕一把泪地哀告……

这种情况如何处理，你可能需要事先准备好预案。动摇只会使情况更复杂，但坚持决定，又要忍受自我谴责的压力。不过，只要你坚持下来，情况就会有很大的改观。况且，这也并不是对危难中的女友薄情寡义。每个当事人都须自己负起责任，而不是专注于倾诉而不做决定，折磨自己也折磨他人。

以上局面，是闺密们常常面对的情形，选择也是多项的。也许还有更好的方式，不妨互相交流。我的话只是引玉之砖。

无论有多少时间，假如你无所选择地抛撒，总会感到入不敷出。无论多复杂的局面，假如你能定下心来选择，总能理出一个头绪。

不要给自己太多的负担，因为心理的能量，并不像我们想象的那样多。如果太分散了，十指扪蚤，哪个也逮不住。

不要总想表现得比实际情况要好

当你企图在两个不同的自我之间游走时，你在生活中的形象就变得复杂混乱，你面临的形势也更加琢磨不透，甚至你的身体也无所适从了。

我们总是希图表现得比我们实际的情况要好一些。

好比我们小的时候，如果有客人要来，我们会被父母要求："你要乖一些啊！"等到客人走了，父母会说："好了，现在你可以放松一下了。"这些都是很平常的话，却在不知不觉当中留存了一个印象——你要在某些特殊的场合和人物面前，努力表现得比你实际的状况更好。

什么是更好呢？

就是按照世俗的标准，我们要更聪明、更好学、更勤劳、更大度、更幽默、更有责任感、更勇敢、更……还可以举出更多的"更"，总之，是比你本人更完美。

这个主观动机可能并不是太坏。爱美之心，人皆有之嘛！

不过，这就形成了一个习惯。我们把一个不真实的自我呈现在别人面前，并以为这才是可爱的，才是有价值的。而那个真实的自我，则是上不得台面的残次品，是应该被掩藏和遮盖的。

这就是自我形象的分裂。我们不喜欢真实的自我，我们把一个乔装打扮的“假我”拿给大家看。当这个“假我”被人欢迎和夸赞的时候，我们一方面沾沾自喜，觉得自己成功地扮演了一个角色，而这个角色就是别人眼中的“我”。另外一方面，我们的自卑加重了，我们知道外界的评价都是给予那个不存在的“我”，真实的我反倒像灰姑娘一样，躲在角落里拣煤渣。

长久下去，我们就变成了一个分裂的人。

这种现象，比比皆是。比如我们常常听到女性朋友说，结婚以后，他的真面目暴露出来了，我几乎不敢相信他和结婚前是同一个人。

也有的领导会说，这个人是我招聘的，当时看他十分勤快，想不到真的走上岗位以后，却非常懒惰，毫无工作的主动性。

以上这两个例子，最后是以离婚和炒鱿鱼作结。可见，伪装的自我，可以骗人一时，却不能矫饰久远，最后吃亏的还是你。

如果你觉得真实的自我还不够完善，那么最好的方法，是让自己渐渐变得完善起来，而不是敷衍、遮盖或欺骗。那样的话，自己很辛苦不说，离完美是越来越远。再有，天下的人都不是傻子，你装得了一时三刻，却没有法子永远生活在一个不属于你的光环之中。一旦被人家识破，你被减分更多。

我年轻的时候，心其实很累。因为总想表现得比自己真实的状态更好一些，便不由自主地要作假。明明不快乐，怕被人看出，以为是思想问题，就表现出欢天喜地的兴奋。对领导有意见，怕领导对自己看法不良，影响进步，就故意在领导面前格外卖力地工作。其实，那彼此的不融洽，心知肚明。在会议上有不同意见，因为判断出自己是少数，就放弃主见随大流，默不作声……凡此种种以为是老练的举措，都让我做人辛苦，不胜其烦。

后来，我终于明白了，要以自己的真实面目示人。没有必要取悦他人，没有必要委屈自己。这样做了以后，我本以为机会一定要少很多，因为抱定了破釜沉舟的决心，只求这一生做一个真实的自我，付出代价也认了。不想，却多了朋友，多了机缘。

思来想去，原来大家都更喜欢真实的东西。你真实了，自己安全了，也让他人觉得安全，机遇反倒萌生。从此，竭力真实。不但自己省力、省心，节省出的能量可以做更多的事情，而且成功的概率也高了起来。

所有的抑郁都源自关系的断裂

每个人都是这样密切地与他人相关，所以当彼此的关系断裂时，才显出空旷无助的凄楚。断裂的原因，可能是误解、背叛、欺瞒、争吵、鄙视……死亡当然是最彻底的断裂了。生命是一根链条，其中一环断了怎么办？唯一的方法是把链条再接起来。这是需要花工夫动脑子的事情。

看过一个熟练的布厂女工表演棉条的连接。棉条断了，每一根棉丝都断了，如同一根雪白的冰棒被截断。女工把需要吻合的两根棉条对接，展开，让每一根棉丝都找到连接的位置，然后轻轻地捻动，让它们在旋转中融为一体。接好了，抻拽一番，融合得天衣无缝。

这个过程形象地说明了建立新关系的步骤。找到新的位置，然后从容不迫地连接，新的关系就慢慢建立起来了。

世界上的事，简言之，都是关系使然。人的全部活动，就是三重无法逃避的关系。

第一重关系，是人和自然的关系。人类是自然之子。没有自然，就没有了人所依附的一切。大自然的伟力，在城市里的人，不大容易体会得到。你到空旷的山野和广袤的沙漠中，你置身于晴朗的夜空之下，你在雪山顶端和海洋中央之时，比较容易找到人类应该待着的位置。

第二重关系，是人和自我的关系。你离不开你自己。只要你活一天，你就和自己密不可分。就算是你的肉身寂灭了，你依然和自己的精神痕迹紧紧地贴附在一起，无法分离。

第三重关系，就是人和他人的关系。纵观世界上无数的悲欢离合、潮起潮落，无非就是在这重关系上的跌宕起伏。人是被称为“人群”的，人不是单独的个体，而是人以群分。

这三重关系，无论哪一重发生了断裂，都是噩耗。我们是相互联结的，没有哪一部分的震荡，其他部分可以幸免。所以，海明威说，不要问丧钟为谁而鸣，丧钟为你而鸣。

人永远不要割断自己同他人的联系，不要割断同祖国的联系，不要割断同祖先的联系，不要割断同亲人的联系，不要割断同工作的联系，不要割断同历史的联系，不要割断同文化的联系……正是这重重联系，像斜拉桥的绳索一样，托举着你成为你。

如果桥梁的绳索断了，谁都知道要在第一时间将它修复。但是，人的关联的绳索断了，一时半会儿好像看不出非常严重的后果。你还是你，可以按时上班，可以听音乐和下饭馆，可以聊天和静思。但是，且慢，时间长了，是一定要出岔子的。很多的抑郁症就是这样悄无声息地发生了。我曾经听过一位美国心理学家讲述治疗抑郁症的新疗法，他很决绝地说，世界上所有的抑郁症，都是在关系上出了问题。

真是这样的吗？

你可以不信，但可以好好想一想。

诺言不是锁链

你可以改变以前的承诺，不必永远被它束缚。

这一条太重要了。咱中国人，重视一诺千金。结果呢，世上的人就分成了两大阵营，一种是“一诺千金”的，一种是“一诺鸡毛”的。

这一诺千金固然是好品质，但世事多变，如果你的思维有所前进和变化，其实也不必拘泥于很久之前的“诺”，那样就太刻板了。有些人，因为太重视“一诺”这根金锁链，畏惧改变，叫它压弯了脖子，其实得不偿失。

你有权利尽情地表达你的感受。感受改变了，经过理智的甄选斟酌，你可以据此改变决定，包括诺言。

很多人不敢说出自己的感受，问其原因，大多会腼腆地说，因为怕别人不喜欢自己。有人若是因为你的真实感受不喜欢你，那你也只有退避三舍敬而远之了。

不过很多时候，人们搞不清发表评论和表达自身感受之间的区别。其实，直截了当地说出自己的感受，通常是无害的。你不是在评论他人，只是客观地描述自己内心的活动，应该无罪。如果你连这一点主权都捍卫不了，那处境就有点可悲了。

不想见某些人，不想参加某些会议，不想陪某些人吃饭，可以不去。

不接受采访，不为某些人庆祝生日，不为某些人的去世发表感言，并不因此而内疚。

不对别人的情绪负责任，只对自己的情绪负责任。别人要怎么想，那是他们的自由和选择，和你无干。即使是由你引起的，他们也可以选择不同的情绪，你绝不是矛盾的主要方面。

不必每件事都寻找答案。世界上好多事情是没有答案的。或者说，今天答案是这样的，明天又可能变成那样，都算正常范围内可能出现的局面。

不必每件事都判断对错。对错这东西是有的，只是不一定每一桩你都来出面判断啊。

不上网、不会用银行卡、打不开保险箱、不开博客、不会发手机短信、不明白金融危机、不晓得今年的流行色和某个台风的名字……这都不丢脸。要知道李白杜甫那会儿，这些东西都是没有的，他们依然伟大。

可以没有充分理由就做出一个决定，只听凭直觉。但你要对这些决定负责。

一旦能更好地认识自己，我们就能停止那种扮演不必要的角色的行为。

有时，倾听就是一切

专注的聆听和随心所欲的听，是完全不同的。做个小测验吧。你和你的朋友，算作一个小组。你是A，她是B好了。第一个回合，她说，你听。

第一小节，她认真地说，你仔细地听。注意啊，是聆听。“聆”在字典上的意思是：书面语的听。当我端详这个字的时候，总觉得不是那么简单。“聆”是由“耳朵”的“耳”字和“命令”的“令”字组成的，我一厢情愿地相信这是对耳朵的一个指令，好像在说——耳朵，你可要好好地听，千万不可以走神不可以溜号啊，一定要记住你听到的话啊。

好了，回到我们的游戏中来。第一次，你是认真地聆听了五分钟。做完之后，请A问问B的感受。我猜B一定会说，很开心，很受鼓舞。如果是悲伤，觉得有人和自己一道走过，一起分担。如果是快乐，觉得是分享和共同的喜悦。

现在我们进入第二个回合。这一次，还是B说，A听。只是A必须不认真听，可以任意东瞟西看，三心二意。或者是表面上做出听的样子，其实心思早不知道飞到哪里去了。一定要做到心不在焉。结果会怎样呢？让我来告诉你。B根本就坚持不了五分钟，早早地就鸣金收兵一言不发了。问问B的心理感受，B一定会说，我觉得很受伤，觉得一点儿意思都没有，算了，还有什么好说的？！

更有甚者，如果B是在大的哀伤和混乱之中，也许会萌生出严重的失落和自卑，会觉得我不是一个可爱和受人尊重的人，你看，连我的好朋友都对我这样爱搭不理的，我做人失败，晦气透了……也许还有更负面的想法萌生出来，比如自杀，让人猝不及防……

看吧，一个小小的聆听，就会有这样不同的结果。你若不相信，不妨再试一试。这一次，A、B的角色调换过来，上次讲话的这一次换作倾听，上一次倾听的这一次来说话。我相信，经过这样一个简单的角色扮演，你就会对倾听、聆听的重要性记忆深刻。

“听”这个动作，说起来平常，其实有很多奥妙。

“听”是一个古老的功能。当我们还是爬行动物的时候，就掌握了这种性命攸关的本领。直到今天，当我们闭上嘴巴，就可以不说话，当我们闭上眼睛，就可以封锁外界的光线。但是你没有法子关闭耳朵。它就像永不疲倦的哨兵，日夜监督着危机四伏的生存环境。

也许需要接受的信息太多了，听觉基本上分为三个层面：

第一个层面是生理专注。我们会对大的声响，或是尖锐的不同寻常的音色，保持高度的警觉。当我们发现这种声音会带来生理上的威胁的时候，会忙不迭地捂上耳朵。再变本加厉的时候，我们会拔腿就跑，逃避威胁。

第二个层面是心理专注。这有点像聆听了，我们不但在听，而且会用目光和身体语言，表达我们明白倾诉者的感情。人在，心也在。出于关切和爱护，我们的心愿意和她或他的一起跳动。这表达着一个善意——我愿意陪你一起走。

第三个层面就是精神的专注。我不单在听你说，我还在迅速地思考，我在想你的处境，你的辛苦，你这一切的由来，你的出路何在……当然，有些人仅仅停留在这一步，他会想很多，可是他不一定告诉你。他可能会说，也可能不说。说与不说，其实是倾听者的自由，不能强求的。相信那个作为叙述者的人，可以理会到这一层。咫尺之遥，人们都可以感觉出听的质量。

你也许会问，听完了之后，又怎样呢?

认真地倾听之后，你就会决定究竟怎样帮助他或她。也许，有时候，倾听就是一切。

一生中，你要找一双——至少要找到一双能够倾听你的耳朵。只要你一开口，他就能懂得你，不然的话，前言太长，序曲太长，是会让人不耐烦的。说完了前奏，就没有兴趣再说下去了。当然了，前提是相信自己是有价值的，自己的苦闷是有价值的，是值得朋友来倾听的。

放弃并不等于失败

放弃争夺，并不是拱手让别人赢，只是舍去和远离。我不和你们赛跑，并不表示自己的失败，只是说明我们没有开始比赛。

人生似乎离不开比赛，但其实，人生根本就不是比赛。你和谁都不需要比。如果一定要找到对手，那就是死亡，但结局已经注定，所以，这也不是比赛，只是过程。承认在某些问题上的无能为力，你反而可以把更多的力量投入真正可以取得成效的领域。

我年轻的时候，常常羞于说出自己已黔驴技穷。我总想挣扎，总以为凭着自己不懈的努力，可以扭转乾坤。现在，我这样坚持的时候越来越少了。我常常退却，因为我知道一已微弱，有时要暂时偃旗息鼓。但我不会放弃，不过是换了另外一种节奏的步伐。

放弃并不等于失败，因为你没有参加比赛，所以那个结果与你无干。但放弃也不等于成功，因为你缺席了，结果是躲避和退让。如果是一次，可以算作一个策略；如果常常如此，你就在实际上放弃了多彩的人生。

人一生，不能不放弃。一次都不放弃的人生，是不现实的。起码，你最后一次是要放弃生命，你不想放弃也不行，有自然规律管着呢。在这之前，你还曾放弃过青春，放弃过健康，也可能放弃过理想，放弃过亲人……

不管你喜欢还是不喜欢，你必须放弃。放弃是个强有力的席卷者，最后会将我们所有的一切都打包带走。所以，学会和放弃和平共处吧。你越早学会，越受益无穷。因为放弃不是失败，只是一个阶段。随着年龄的增长，我们的生命越来越由我们的选择来塑造。你活得越久，你的选择就越多，你越要小心地做出决定。但是，也不可事事都放弃，你不能总是这样。那是懦夫和懒汉的哲学。

学会维持自己的快乐

维持喜悦，是一件需要努力的事情，并不是天性使然。

喜悦和悲哀，都是人情感的一部分。沉浸在悲哀中是很正常自然的事，如果不是有意识地走出来，人们会深陷悲哀的沼泽中，很久无法自拔。通常，除了时间以外，我们还需要一个猛醒，一声恫吓，才能从悲伤中振作起来。

喜悦则不是这样，它会像沙漏一样，在不知不觉中渗走，只留下一个回忆的空壳，令人惆怅。要学会维持你的快乐，这就是不断地感恩，不断地将脸朝向有光亮的地方。时间长了，你自然学会了和喜悦相处的诀窍。

希望你一站出来，就让人能从你身上看到生命的光彩。生命是有光彩的，如果说一朵山野中的小花都有盈手的清香，一段腐木都会污浊不散，那么，我们的生活，也可以弥散出味道。

期望着你能让你的生命像暗夜中的米兰和雪中的梅，人们还没有走近，就会被熏染，就会深深地吸一口气，不由自主感叹这飞来的一段美妙。

叔本华说：人是生而自由的，却又无往而不在枷锁之中。

我们平日感觉自由的时候甚少，感觉枷锁的时间甚多。不过，仔细想想，你还是自由的。所有的枷锁都是你自己套上的。打开枷锁享受自由的滋味，有些人从来也没有享受过。他们夸大了枷锁的力量，忽略了自己的主动。只有自己才能化解生命故事中那么多的伤痛和矛盾，让自己日趋圆满。记住，你永远是你的主人。

宇宙不公平吗？不啊。宇宙只是漠不关心。自己的事儿，要自己做。这是幼儿园就教会我们的道理。

人们之所以看到很多人在讴歌艰难，是因为那多是成功了的人在自言自语。不要喜爱艰难，不要人为地制造艰难。其实，艰难是把大部分人的才华都磨损了，把大部分人的意志都侵蚀了，把大部分人的幸福都耽搁了。我相信，在肥沃的土地上，充满阳光的空气中，才能生长出更多丰硕饱满的庄稼。

那么，快乐有什么用呢？

快乐的用处就是——它能使你认识到自己的价值，感受到他人认可了你的成就，你对这个世界是有用的。还有一个附带的可贵用处，就是能让你健康。

诚实让灵魂安宁

为自己设立一些纲领，永不违反，比如不偷盗，比如不骄傲，比如不偷情，比如不吸毒，比如不赌博，比如不说谎，比如孝敬父母和师长，比如忠诚于友谊，比如……这不是为了别人好，只是为了自己好。

世上做人的道理，其实很简单，最重要的部分，归纳起来，不会超过十条。我们在幼儿园的时候，基本上都学过了。很多人以为它们朴素单纯，就看不起这些道理，甚至把违背这些道理当成是成熟和长大的标志。在某个狭窄的时间段里，这些天条显不出它们的力量，你会看到说假话的人比说实话的人多了机会；你会看到偷情的女人吃香的喝辣的，好不惬意；你会看到有人干了坏事，并没有受到惩罚，反倒优哉游哉……你会怀疑上述这些规矩，觉得它们已经过时。

其实，它们是人生浓缩的精华，它们的正确性也许在短时间内还不够显著，如果把人的一生，紧缩到了一天，你就会发现它们几乎是颠扑不破的真理。你不说谎，一辈子要减少多少脑细胞的劳损啊！你不偷情，一辈子能多享受多少坦荡自足的快乐啊！你诚实，会收到无数信任，它是无价之宝——机会也就在这种信任中萌生。

我参加过一个小规模的学习班，其中有一个活动是让大家写出自己最欣赏的品质，结果几乎是所有的人都说自己欣赏诚实。接下来的另一个自我测查是写出你具有的三个优点，过了一会儿，大家都写完了，指导老师让人们依次念出来。

结果是人人都欣赏诚实，喜爱诚实，但在谈到自己所具有的优点的时候，被提及最多的是善良、负责、有爱心，还有富于创新、吃苦耐劳、有团队精神等，几乎没有人提到诚实。可见，诚实是一种多么受人尊敬又多么稀缺的品质。拥有这种品质的人，放射着光芒，这是一种温暖的人性的光芒。你要努力找到这样的人，和他们成为朋友。你更要努力成为这样的人，这会使你快乐安然。

大家都知道，当一种物质比较稀缺的时候，它的价格就会升高，物以稀为贵嘛！所以，不要以为诚实的人就没有好运气，当诚实越来越成为罕见的品质之时，你拥有了它，就是拥有了一种凝聚力。它会像磁石一样，把很多机会吸引到你附近。

诚实使人轻松。诚实的人比欺诈的人更放松，因此就更有智慧。他们没有羁绊，也不设防。他们不需要借助更多的辞令、表情，包括身世等来包装和解释自己。诚实的人把真话像石头那样甩出去，自己反倒轻松了。

当然，我们不能这么功利地看待诚实，我只是说，人类生存的法则是公平的，它不会让那些狡诈阴险的人得利长久。如果那样，人类这个物种终究就没有希望了，就注定要灭亡了。所以，诚实是有力量的。不要看不起一时的诚实带给我们的寂寞和更多的辛苦，它会让我们的灵魂安宁，这才是诚实最可宝贵的品质。

安之若素很难办到

孩子是最容易受到攻击的对象，他们不会还手，受到恫吓就会安静下来，让成人们觉得恫吓是一个有效的方略。

然而孩子们像海绵一样，吸收了成人世界的怒火，并将其植入了自己大脑皮层的潜意识中。随着他们慢慢长大，他们会在人与人的交往之中，不由自主地重复从父母那里习得的方式，以为这是最好的一招，以为这是爱的曲折表达。他们会养成以最坏的心思去揣度他人的习惯，并将自己的情感包裹在铠甲之中，以为这才安全。

姑娘们，请记住，不要和这样的男人结成夫妻。他们不会爱人，只会戒备。同理，小伙子们，这样的女人，哪怕美艳如花，你也要三思。

可惜，我往往看到有些人情愿选择受苦，而不愿获知真相。怎么办啊？没办法。

安之若素其实是一件很难办到的事情，特别是看着一个孩子渐渐成长中那无数的过错，你要心平气和。你要眼睁睁地忍耐一个生手的过失，有时候还是很严重的。你忍不住要跳出来帮忙，其实这是一次扼杀，你杀死了一次正在成长中的经验。

我们作为孩子时吸引大人注意的方式，也经常是我们成年以后吸引别人注意的方式。少小得不到足够关注的孩子，会留有终身的遗憾。他们在成年以后，会忍不住夸大自己存在的意义和价值，用很多手段来吸引别人的目光，甚至把整个人生变成了演戏，其实这正是自卑。

一个人在童年时期认知发展的过程中，对现实与安全、疆界与极限的感受与把握，都是非常重要的经验。如果这个过程中出现了混乱，将构成一生严重的问题。

现在很多家长在孩子幼小的时候出外打工，以为挣钱是对孩子最大的帮助，殊不知，亲情的依偎极其重要。

当孩童如此年幼、软弱却又聪慧无比的时候，他们大睁着探询的眼睛，情绪敏锐，好奇心极强，并能创造出自己的解释。他们尚无法分辨自己和他人的界限，却无时无刻不在用自己的小脑袋瓜探索着世界，他们渴望学习什么才是真正的强壮、稳固和安全。

这个阶段，稍纵即逝，对人一辈子的影响极其深远。

暖意融融和血肉模糊都是真实

找一个安静的时间，反思一下自己父母的性格和他们的关系。假装自己是一个局外人，看看他们是否幸福，人格是否高尚，一生是否心满意足。不要太拘泥于孝道，一味地为他们唱赞歌，而是用一个成年人的眼光剖析他们。

如果你觉得这是一件大不敬的事，就请不要告知任何人。建议你一定要在一生的某一个时刻，完成这个功课，早完成比晚完成要好。因为他们曾是你人生不得不接受的第一任老师和楷模，如果不曾经过系统的清理，长大以后，你会不由自主地重复他们的模式，基本上概莫能外。为了你的幸福，你要有一个取其精华去其糟粕的过程。你可以对这个结果保密，但不要因为痛苦而逃避。

这几乎是一个可怕的话题，但你要有勇气完成它。

我们在报纸和公开发表的文章中，看到的都是其乐融融的家庭图画。这就让我生出了浓烈的不真实感。因为，几乎全世界的心理医生，都在夜以继日地干着同样的活儿，那就是医治家庭造成的创伤。

在我的诊所里，我经常听到的都是对父母的控诉，都是对长辈敢怒不敢言的压抑留下的伤口……我把修复这种痕迹，视为最普通和常见的工作，如同干洗店熨平一件又一件衬衣……

我曾经陷入过困惑。我看到的文章和我听到的故事，为什么如此大不同？是谁在说谎？到底谁更真实？这个问题困扰了我很长时间，最后终于想明白了。

那些暖意融融的回忆文章，是真实的。那些血肉模糊的创口，也是真实的。你可能要说这是和稀泥，因为一个人不可能既是慈爱的又是严酷的。可在我们的父母身上，这真的可以并行不悖。

父母不是完人，他们身上也肩负着历史的渣滓和沉淀。这不是他们的过错，只是他们的局限。同理，在我们的身上也是这样。我们在爱孩子的同时，也将很多糟粕遗留给了他们。人类就是这样泥沙俱下鱼龙混杂地繁衍着。认识到这一点，我们在清理自身的同时，也整合父母留给我们的精神财产。他们不可能都是纯正而光彩夺目的，一定也有污秽。

这不可怕，只有当清理完成，我们才能更加懂得他们，更加理解他们，甚至也更加原谅他们。这个工作，你可独自在秘密中完成，但是，你不能不完成。

所有的动力都来自内心的沸腾

一个人躺在地上，如果他不想起来，那么十个人也拉不起他来，即使起来了也马上又会躺下。

所有的动力都来自内心的沸腾。如果你做不到一件事，无论是搞好关系还是寻找爱人还是减肥，都是因为你还没有真正想做。

这是一个很有意思的心理小游戏。来，召集起十来个人，然后找一个人来扮演那个躺在地上的人。不用找体重特别沉的，那样容易影响咱们这个游戏的真实感。请这位朋友赖在地上，大家用尽全力把他拽起来……

我见过三十个人都拉不起一个人的。我本来在上文中想写这个数字，但又怕大家觉得太夸张了，就写了十来个人。这是千真万确的。只要你不想起来，没有人能把你拉起来。心理上的问题也是一样，只要你没想通，只要你不是真的心服口服，那么所有外界的努力都是劳而无功的。

女子当了妈妈，对待自己的孩子时，要记得这个游戏。他虽然小，也有自己的独立意志，你要把道理给他讲清楚，而且要让他明白这样做的目的是什么。有人会觉得孩子还小，没必要讲那么多。可是，成长是一个逐渐发生的过程，你不能在一颗幼小的心里，种下强权的种子。以理服人而不是以力服人，这是要从小就养成的习惯。

你举目四望，很容易就能发现：很多人的生理和生物上的需求得到了满足，但他们仍然不满意，奔突不止，躁动不安，缺少一种能使他变得生机勃勃的动力，欠缺稳定祥和。像这样缺少主动性的生活，无论表面上多么风光，都是不值得羡慕的。

那种使自己变得生机勃勃的动力是什么呢？谁来回答你呢？谁来帮你寻找呢？谁为你一锤定音？没有别人，只有你自己。只有当理想的光芒照耀着我们，而且它和广大人群的福祉相连，我们才会有大的安宁和勇气。

你可曾体会到种子的疼痛？那种挣开包锁自己的硬壳，顶出板结的土壤的苦难，对一粒柔弱的芽来说，可说是顶天立地的壮举。一个人觉醒时的力量，应该大于一颗种子啊！

有些人把梦想变为现实，有些人把现实变成了梦想。关键是，你的梦想是什么？你为你的梦想做了什么？

有梦想就不会寂寞。当你寂寞的时候，只要招招手，你的梦想就飞到了身边。剩下的事，就是琢磨怎样把梦想变成行动了。

图书在版编目（CIP）数据

与自我狭路相逢 / 毕淑敏著. — 北京：生活书店出版有限公司，2019.5
（我们的心灵）
ISBN 978-7-80768-274-5
Ⅰ. ①与… Ⅱ. ①毕… Ⅲ. ①散文集－中国－当代 Ⅳ. ①I267
中国版本图书馆CIP数据核字(2018)第237605号

策 划 人 李 娟
责任编辑 李 娟
装帧设计 视觉共振设计工作室
责任印制 常宁强
出版发行 生活书店出版有限公司
（北京市东城区美术馆东街22号）
邮 编 100010
经 销 新华书店
印 刷 河北鹏润印刷有限公司
版 次 2019年5月北京第1版
2019年5月北京第1次印刷
开 本 787毫米×1092毫米 1/32 印张10.5
字 数 159千字
印 数 00,001–20,000册
定 价 46.00元
（印装查询：010–64052066；邮购查询：010–84010542）

毕淑敏作品系列

散谈四弦

《心理医生附耳细说》

《教养的关系花园》

《我喜欢辽阔的地方》

《写下你的墓志铭》

我们的心灵

《与自我狭路相逢》

《心灵的万千气象》

《修养情绪的处方》